多媒体学习光盘使用说明

计算机配置要求

请确认您的光驱可以读取DVD光盘。

请确认您电脑中的Windows Media Player为9.0以上的版本。如果不是，请先去Microsoft相关网站更新。

U0132899

打开范例

① 在开始画面中单击"打开范例"，可以复制本书讲解和练习需要使用的范例到您的电脑中。

② 出现"复制范例"对话框，默认的复制路径为"C:\FollowMe\产品名称"。

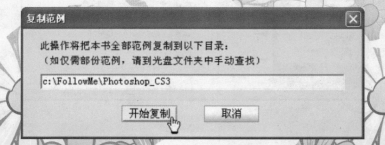

3 您也可以视情况更改默认的路径，然后单击"开始复制"按钮即可。

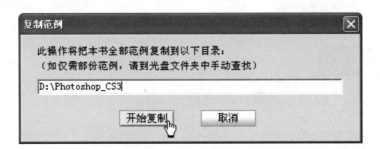

4 如果不希望一次复制所有范例，也可以单独找到您想要的文件。
打开光盘文件夹后，双击"Example"文件夹会出现所有范例文件，您可以选择需要的章节复制到硬盘中，再进行操作。

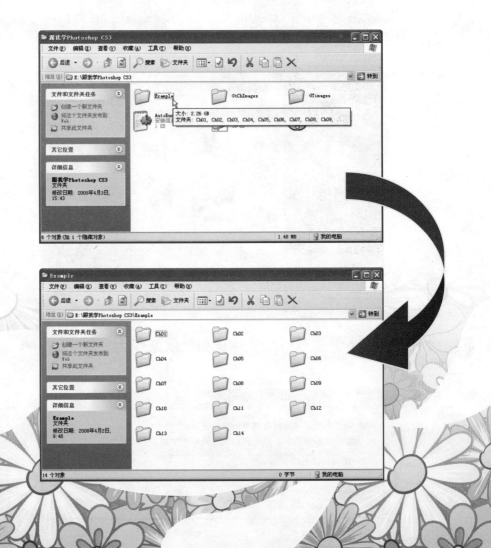

5 单击"观看视频教学"进入课程教学，开始学习。

6 进入如下图所示的"课程目录"，选择要学习的章。

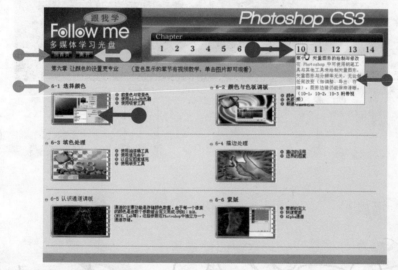

7 接着，选择要查看的节数。

● 以蓝色字显示的标题是带有视频教学的章节，其余的还请阅读书上相关内容进行学习。

● 显示本章的课程简介。

单击"离开"按钮，会退出多媒体光盘的学习界面。

● 单击"回首页"按钮，会回到主画面——"首页"。

8 自动打开播放程序，开始播放指定的课程。

1 播放	**2** 暂停	**3** 停止
4 静音	**5** 调整音量	**6** 调整进度
7 上一节课程	**8** 下一节课程	**9** 回课程目录
10 显示当前课程名称		

FL

恩光技术团队
郭姮劭　江高举　编著

新手

一学
就会

Flash
动画制作

机械工业出版社
China Machine Press

本书介绍 Flash 的基础知识和应用。

本书分为 11 章，内容主要为：界面和场景、工具箱、动画原理、元件与库、ActionScript、文字特效、遮罩、鼠标特效、声音、文件的发布与导出。

本书适用于 Flash 初中级用户，相关专业和培训教材与参考。

本书中文简体字版由中国台湾基峰资讯有限公司授权机械工业出版社出版，未经本书原版出版者和本书出版者预先书面许可，不得以任何方式复制或抄袭本书的任何部分。

本书版权登记号：图字：01－2009－2219

图书在版编目（CIP）数据

新手一学就会 Flash 动画制作 / 郭姮劭，江高举编著 .—北京：机械工业出版社，2009.4

ISBN 978-7-111-25889-6

Ⅰ . 新… Ⅱ .①郭… ②江… Ⅲ . 动画设计－图形软件，Flash Ⅳ . TP391.41

中国版本图书馆 CIP 数据核字（2008）第 205385 号

机械工业出版社（北京市西城区百万庄大街 22 号 邮政编码 100037）
责任编辑：李华君
三河市明辉印装有限公司印刷
2009 年 4 月第 1 版第 1 次印刷
184mm×260mm 14.75 印张
标准书号：ISBN 978-7-111-25889-6
　　　　　　ISBN 978-7-89482-930-6（光盘）
定价：32.00 元（附光盘）

前　言

　　Flash 已经成为网络世界中不可或缺的重要元素，更是当前许多商业设计与视觉传播等相关学科中的必修课程；即使非设计类的专业，选修 Flash 也渐渐成为一种趋势。从一些中学已经开班授课讲解 Flash 的情况来看，就可以一窥动画狂热的程度，学习 Flash 俨然成为全民运动了。Flash 之所以能吸引众人的目光，主要在于动画有无限想象的空间，可以让人天马行空地发挥创意。

　　Flash CS3 版本主要有以下几个特色：

- 全新的且与其他 Adobe Creative Suite 3 统一的界面，可以最大化利用屏幕空间。
- 新的矩形和椭圆形工具，可设置圆角半径的属性，创建扇形或甜甜圈等外形。
- 可以导入 Photoshop（PSD 格式）和 Illustrator（AI 格式）文件，并且保持原有的图层结构，可直接在 Flash CS3 中进行编辑。
- 使用智能的图形绘制工具，可以直接从 Illustrator CS3 中复制图形到 Flash CS3 中。
- 使用 Adobe Device Central CS3（配置中心）设计、预览和测试移动配置，让您在真实的配置界面下建立并测试互动程序，还可进行实时更新。
- 改进了导出的 QuickTime 视频文件质量，方便您将其发布为流媒体或刻录到 DVD 中；也可导入到 Adobe Premiere 视频编辑软件中。
- 新的 ActionScript 3.0 开发语言，增强了性能，提高了灵活性，使开发更趋于直观化。

　　本书适合作为初学者打好制作动画基础的学习教材，通过循序渐进的章节安排与精心设计的实用范例，让您一步步建立动画的基本概念，并有足够的实力创建自己的动画作品。如果再搭配光盘的视频教学，则效果更好！

　　这些年来，热心的读者们不断地来信提供宝贵的建议，也不断地给予鼓励，让我们不断地鞭策自己，并自我要求能够出版更实用的书籍。

　　在承蒙整个顾问群的通力合作，本书才能顺利出版。当然，也要感谢老朋友孙锦珍、陈淑芳、李毓卿小姐细心、耐心地完成排版工作。

　　任何一本书籍能够顺利上架，图书公司也扮演了相当重要的角色，感谢碁峯资讯股份有限公司所有同仁的辛苦工作，没有你们的付出，这本书无法顺利出现在读者的面前。

　　最后，要诚挚地感谢所有读者，您每购买一本书，对我们都是莫大的支持与鼓励。请继续给予我们鞭策，让我们所编著的书籍更能满足您的需要，也让我们知道好书不会寂寞。

恩光技术团队·郭姮劭

目　录

Flash CS3

Flash CS3

Chapter

1

认识全新的Flash

Flash 中有丰富的特效和交互式体验，已成为网页设计中不可缺少的元素之一，利用 Flash 开发出来的互动游戏，也可达到寓教于乐的目的。

学习重点

1.1 灵活的用户界面
1.2 场景的介绍
1.3 Flash 的文件管理
1.4 首选参数

范例文件

ch01-2.fla   ch01-3.fla

1.1 灵活的用户界面

新版的 Flash 与其他 Adobe CS3 软件的用户界面风格一致，与前版最大的差异，就是有更灵活的屏幕使用空间。

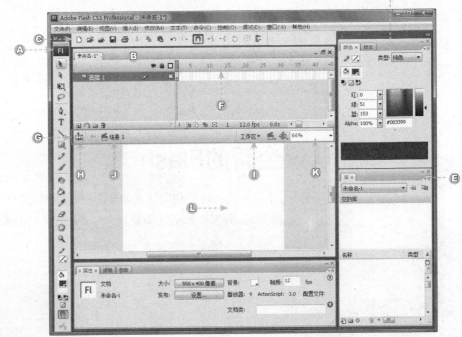

A 工具面板
B 文件选项卡
C 主工具栏
D 面板
E 库
F 时间轴
G 编辑栏
H 隐藏时间轴
I 选择工作区
J 编辑场景
K 显示比例
L 场景编辑区

1.1.1 欢迎屏幕

如果桌面上有 Flash 快捷方式，可双击打开；或选择"开始"→"所有程序"→"Adobe Design Premium CS3"→"Adobe Flash CS3 Professional"命令，也可启动 Flash。启动 Flash 后，首先会看到下图的画面，即 Flash 的"欢迎屏幕"。通过"欢迎屏幕"能够轻松地进行最常用的操作。创建新文件或打开文件后，即正式进入 Flash。

A 打开最近曾使用过的文件
B 显示打开对话框
C 快速建立一个新文件
D 从模板创建新文件
E 提供协助学习 Flash 资源的快速访问
F 连接到 Macromedia Flash Exchange 网站
G 下载其他应用程序及信息

提示

　　若要隐藏"欢迎屏幕"，请在"欢迎屏幕"左下角选择"不再显示"复选框；如果想要再次显示，可执行"编辑"→"首选参数"命令，在"常规"类别中重新设置"启动时"为"欢迎屏幕"。

1.1.2　基本操作

　　Flash CS3 的操作界面除了色调明显与前版不同之外，最大的特色就是工作区面板的操作与显示。

◎ 图标面板的展开与折叠：所有面板（包括工具面板）的打开或关闭可通过"窗口"菜单的命令或快捷键来控制。单击图标面板上的"折叠成图标"按钮或标题栏可以折叠面板，改以图标显示；再单击相同位置即可展开面板，也可以在面板标题栏上右击来控制折叠或展开。

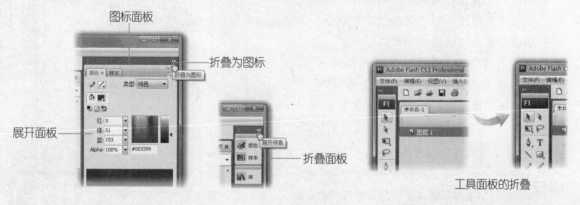

工具面板的折叠

◎ 面板的独立与组合：在默认情况下，要显示某个面板时，系统会自动将相关的面板组合在一起（如右图所示）。为了操作上的方便，可以将常用的面板组合在一起或将其独立显示。按住面板拖动可离开面板区，放开鼠标之后即可独立显示面板。可再以相同的操作方法拖动回面板区中。

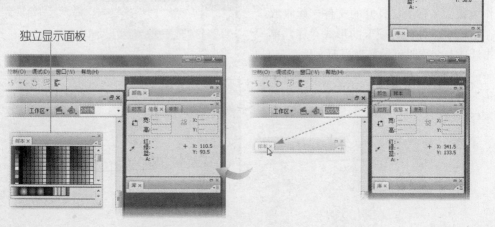

Flash CS3

3

拖回面板区时，在出现
粗蓝框时放开鼠标

在面板名称栏上右击，可选择将面板关闭或最小化，也可以在面板名称栏上双击展开或最小化面板。

● 保存当前：可以根据使用习惯，将调整好的面板配置保存起来。只要执行"窗口"→"工作区"→"保存当前"命令并加以命名，以后再从"窗口"→"工作区"中找到该工作面板来应用即可。也可以单击"编辑栏"上的"工作区"按钮快速切换面板的显示状态及恢复为默认值。

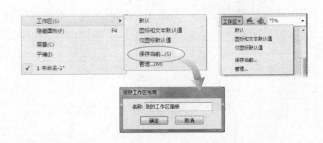

提示　如果面板的位置已经调整得乱七八糟，可以执行"窗口"→"工作区"→"默认"命令，将其还原为默认状态。若要同时关闭所有打开的面板，可以执行"窗口"→"隐藏面板"命令（或按"F4"键）。

● 文件选项卡：在 Flash 中可以同时编辑多个文件,建立新文件时会以"未命名-1"作为默认名称，与打开的文件一起收放在窗口中，并以选项卡的形式存在，单击选项卡名称即可切换为当前文件。

● 时间轴的显示与隐藏：单击"隐藏时间轴"按钮可以快速切换时间轴面板的显示与隐藏。

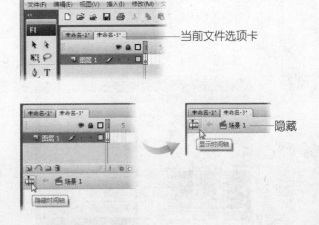

当前文件选项卡

隐藏

◉ 场景编辑区（stage）：也称为"舞台"或"布景"，该区的内容在影片完成后，会出现在输出窗口中。

◉ 粘贴板的显示与隐藏：粘贴板（Workspace）是可以让角色准备进场的地方，不会出现在完成的影片窗口中。执行"视图"→"粘贴板"命令可用来切换"粘贴板"的显示或隐藏。

◉ 调整显示比例：在制作动画的过程中，我们经常会调整显示比例以方便编辑内容，从"编辑栏"右上角的"显示比例"下拉列表中可以进行切换。选择"显示帧"时，会完整地显示舞台内容，而不一定显示整个粘贴板；选择"显示全部"则会显示整个编辑区内的对象，并包含粘贴板的内容。

显示帧

显示全部

◉ 缩放工具：除了调整显示比例外，还可使用"工具"面板中的"缩放工具"，单击要缩放的区域来放大或缩小；或利用框选范围来放大或缩小。

单击缩小一半
单击放大一倍
拖动要放大的范围

◎ 手形工具：通过"手形工具"可以移动显示中的画面。

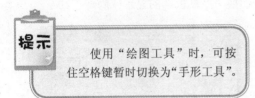

提示

使用"绘图工具"时，可按住空格键暂时切换为"手形工具"。

◎ 预览模式："视图"→"预览模式"下有 5 种预览模式，可以按照计算机性能来调整显示的速度。

显示模式

轮廓（速度最快）

高速显示（关闭反锯齿功能）

消除锯齿（打开图形对象的反锯齿功能）

消除文字锯齿（默认值，打开文字对象的反锯齿功能）

整个（以最佳化显示，速度最慢）

1.2 场景的介绍

场景（Scene）的概念最早是从电影中来的，是指整个影片中的某一个片段。例如下面的一段叙述："妈妈在厨房里准备晚餐，并将菜肴摆放在餐厅的桌上"，可以看出主角（妈妈）至少出现在两个场景，即厨房和餐厅。同样地，Flash 中的场景就是用来编辑图形对象与安排"角色"的地方。

1.2.1 "场景"面板的使用

进入 Flash 时，默认只有一个场景——场景 1（Scene 1）。通常内容较长的影片，如果自始至终只采用同一个场景，不但单调无趣，编辑起来也会比较困难而且不易维护。所以可以通过 Flash 的"场景"面板来设置不同的场景，并编辑各场景中的图形、角色，然后在不同的场景间切换。一般和场景有关的操作有以下几项。

◉ 打开"场景"面板：执行"窗口"→"其他面板"→"场景"命令，或按 Shift + F2 键，打开"场景"面板。

复制场景————————删除场景

◉ 添加场景：执行"插入"→"场景"命令，或单击"场景"面板下方的"添加场景"按钮，也可以添加一个新场景。

◉ 命名场景：若要修改场景名称，请直接双击要改名的场景，再输入新的场景名称即可。

◉ 直接复制场景：如果新添加的场景与之前的场景差异不大，可以使用"直接复制场景"的方式添加，以节省编辑时间。

◉ 调整场景顺序：一部动画如果有一个以上的场景，默认会依序由第一个场景开始向下播放。如果要调整场景的顺序，直接使用鼠标拖动场景名称到要放置的地方，即可改变场景的播放顺序。

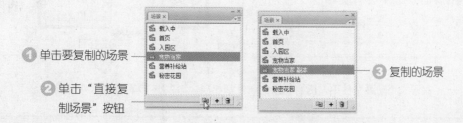

◎ 切换场景：若要在不同的场景间切换，单击"编辑场景"按钮是最快速的方法。

◎ 删除场景：选择要删除的场景，单击"删除场景"按钮，会出现提示对话框，确认是否要删除，单击"确定"按钮即可删除不需要的场景。

1.2.2　文档的属性

文档的场景（舞台）是实际动画在播放时的区域，默认的大小为 550×400 像素（Pixel），可以执行"修改"→"文档"命令，或通过文档的"属性"面板来改变大小。

在"标题"或"描述"区域中输入动画内容的主题和说明，可作为日后搜索文件的依据。还可以改变动画的背景颜色和播放的帧频，在后面章节中会有实际的操作。

> 在同一个动画文件中，所有场景的属性都相同，如大小、背景颜色、帧频等。

1.3　Flash 的文件管理

在 Flash 的欢迎画面中，可以创建各种格式的 Flash 文件，打开已存在的文件进行编辑，还可以导入各种常用格式的图形文件。

1.3.1　认识Flash的文件格式

Flash 中常见的文件格式有 4 种：*.fla、*.swf、*.exe、*.as。

电影文件　　　项目文件

工作文件————　　　　　　　　　　　　　　————ActionScript 文件

文字火花秀.fla　　文字火花秀.swf　　文字火花秀.exe　　myFlash.as

◎ Flash 文件（*.fla）：此为 Flash 的工作文件，是在制作 Flash 动画时所保存的文件格式（执行"文件"→"保存"命令），只有在 Flash 中才能打开。在制作影片的过程中，尚未输出时皆以 *.fla 的格式存在，以便进行编辑操作。有些动画效果可以按下 Enter 键，直接在场景窗口中观看影片播放的情况。

 有些网站会提供工作文件下载，这样才能解析动画程序。

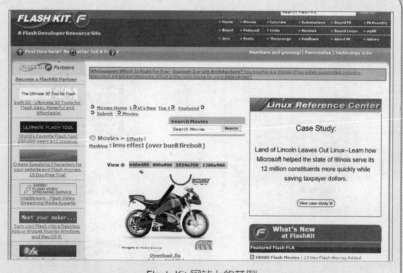

Flash Kit 网站上的范例

◎ Flash 影片（*.swf）：也就是 Shockwave Flash 影片文件。这种格式需要通过"导出"影片的操作来完成，一般在制作影片的过程中，常会按下 Ctrl + Enter 键来测试影片的效果，此时 Flash 会自动在 *.fla 文件的相同目录下创建同名的 *.swf 文件。要将 Flash 动画置入网页中时，通常也必须将影片文件（*.fla）发布成 *.swf 格式。

 Flash Player 9，可以在不启动 Flash 应用程序的情况下，打开 *.swf 电影文件浏览影片内容。

◎ Flash 项目文件（*.exe）：项目文件（Projector）又称为"放映文件"，是一种执行文件，包含所有播放电影文件所需的资源，因此可以在没有安装 Flash Player（播放器）的计算机上播放动画内容。如果收到别人发过来的 Flash 动画，通常都是 *.exe 格式，以免因未安装 Flash 而无无看到。

上述的两种格式（*.swf 和 *.exe），可以通过执行"文件"→"发布设置"命令来输出，默认的情况下会采用与 *.fla 相同的文件名，并置于相同的目录中。有关发布的设置和动画的导出，在第 11 章中会有更详细的介绍。

● ActionScript 文件（*.as）：在 Script 窗口中所建立的外部 ActionScript 文件。ActionScript 是 Flash 的 Script 编辑语言，可用来控制影片或元件的操作。也可以在"记事本"中编写 ActionScript，只要把文件格式保存为"*.as"即可。

1.3.2 与文件有关的操作

进入 Flash 之后，可以执行"文件"菜单下的命令来新建、打开、保存与关闭文件。

● 新建文件：可以新建 Flash 文件（*.fla）、ActionScript 文件以及 Flash 项目。特别要注意的是，可以选择使用 ActionScript 2.0 或 ActionScript 3.0，如果是初学者，建议选择 ActionScript 2.0。

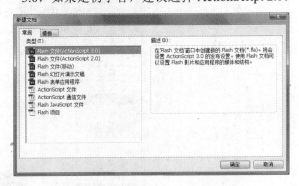

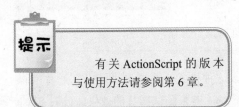

提示　有关 ActionScript 的版本与使用方法请参阅第 6 章。

● 打开文件：可以打开 Flash 文件（*.fla）、项目（*.flp）、影片（*.swf）及 ActionScript 文件（*.as）等。

● 保存文件：可将编辑的 Flash 文件保存为 *.fla 格式。执行"保存并压缩"命令可在保存时将文件压缩；"另存为模板"命令可将常用的文件以样板格式保存起来，方便日后重复取用；"全部保存"命令可快速保存所有编辑中的文件；"还原"命令可将文件恢复到上次保存时的状态。

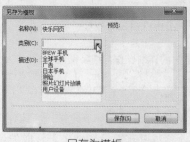

另存为模板　　　　　　　　　　还原到上次保存的文档

1.3.3　可导入的文件格式

Flash 虽然是矢量绘图软件，却能处理多种格式的图形文件及媒体文件。使用"文件"→"导入"命令除了可以加载图片外，可处理的文件类型如下图中的列表所示，在后续的章节中会有相关的介绍。

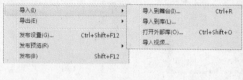

可以直接导入 Photoshop（*.psd）和 Illustrator（*.ai）的文件，并且保持源文件的图层（Layer）结构，然后在 Flash 中直接编辑；还可以在导入的选项中设置优化。

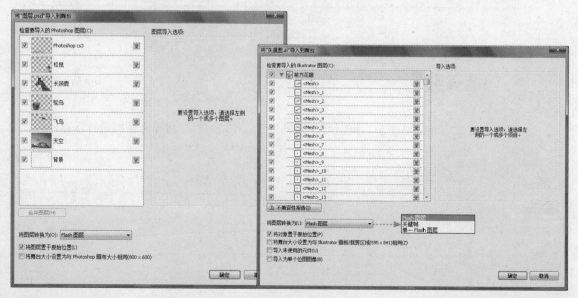

有关导入 Photoshop 位图及 Illustrator 矢量图的详细操作，请参阅第 8 章。

Flash 还可将位图（Bitmap）图形文件转成矢量格式，单击所导入的位图后，执行"修改"→"位图"→"转换位图为矢量图"命令，并试着调整各项参数以获得最佳结果。转成矢量格式后，即可使用 Flash 的各种绘图工具来编辑。

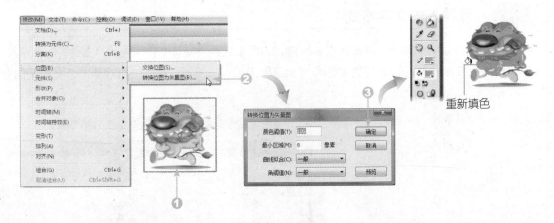

重新填色

执行"文件"→"导出"→"导出影片"命令可以导出动态影片，或导出连续编号的影片图像；执行"文件"→"导出"→"导出图像"命令可以导出指定帧中的单张静态图片，让其他绘图或图像软件使用，在第 11 章会有更多的介绍。

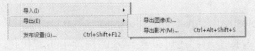

1.4 首选参数

为了让 Flash 使用起来更顺手，我们可以依照自己的使用习惯，将操作环境进行保存，可以通过"编辑"→"首选参数"命令来进行。

下面画面显示的皆为安装后的默认状态。

❋ 常规类别

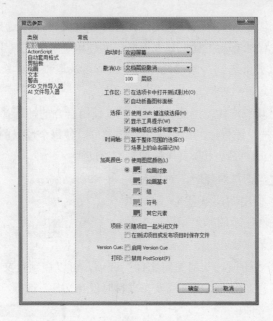

◎ **启动时**：设置启动 Flash 时所要打开的文件，默认为"欢迎屏幕"；"新建文档"选项会打开空白的新文件；"不打开任何文档"则不会打开任何文档。若希望自动打开上一次结束 Flash 前所编辑的文件，则选"打开上次使用的文档"选项。

◎ **撤消**：可设置撤消或还原层级的数目，默认为 100 层级，可输入 2~300 的数值，设置的次数越多所占的内存就会越多。撤消的层级有两种："文档层级（Document level）撤消"会将整个 Flash 文件中的所有执行操作，都显示在同一个步骤列表里，可以通过"历史记录"面板中的列表，来依序查看用户所有操作的记录，并选择撤消的项目；"对象层级（Object level）撤消"则是针对各个对象，可以只撤消某个对象上的操作。针对不同的界面区域，例如：舞台、影片剪辑和库，可以有个别的撤消步骤列表。

◎ **工作区**：默认情况下，执行"控制"→"测试影片"命令测试影片时，会在其自身的窗口中打开。若选择"在选项卡中打开测试影片"复选框，则可以在选项卡中打开测试影片。

默认的测试情况

选择的结果

◉ 选择:"使用 Shift 键连续选择"表示可以在按住 $\boxed{\text{Shift}}$ 键时,用"选择工具" ▶ 选择多个对象。选择"接触感应选择和套索工具"复选框后,在使用"选择工具" ▶ 或"套索工具" ◯ 拖动选择对象时,只要框选到对象的任一部分,即可选取整个对象。若未选择,则只有当工具的圈选范围完全包含对象时,才会选择到该对象。

◉ 时间轴:若选择"基于整体范围的选择",可以使用合并的帧选择方式,也就是可以一次选择连续的帧;而勾选"场景上的命名锚记"选项可以使每个场景的第一帧自动成为"锚点",方便用户以"上一页"及"下一页"按钮来浏览动画。

◉ 加亮颜色:可指定当选择对象时,对象轮廓的颜色。若选择"使用图层颜色",则对象轮廓会与该图层轮廓显示的颜色相同。有关图层的部分请参阅第 4 章。

默认的颜色

◉ 项目:默认会选择"随项目一起关闭文件"选项,可以在项目文件关闭时,将项目中的所有文件都关闭。选择"在测试项目或发布项目时保存文件"选项,可以在测试或发布项目时,保存项目中的每个文件。

❄ 剪贴板类别

◉ 位图:当执行"复制"或"剪切"操作时,暂存在剪贴板中的对象会转换成位图的格式存在,而此处用来设置位图的品质。

◉ 渐变质量:同样是设置"复制"或"剪切"对象的渐变质量。

◉ FreeHand 文本:默认会选择"保持为块",让 FreeHand 所创建的文本在粘贴到 Flash 后仍可保持编辑状态。

❄ 绘画类别

◉ 钢笔工具:设置使用"钢笔工具" ◊ 时可显示的项目,包括预览下一个锚点的走向、以实心点显示锚点、显示精确光标以方便绘图。钢笔工具的使用请参考第 2 章。

◉ 连接线:当"贴紧至对象"功能启动时,可设置对象彼此间吸引的程度。

◉ 平滑曲线:以"铅笔工具" ✎ 绘制线条时,线条的曲线平滑度。

◉ 确认线:以"铅笔工具" ✎ 绘制线段时,线条转换成直线的标准。

◉ 确认形状:以"铅笔工具" ✎ 绘制线段时,将封闭线条转换成椭圆形或矩形的辨别标准。

◎ 点击精确度：以"选取工具" 靠近对象，
  或用"滴管工具" 🖋 侦测对象时，鼠标的
  灵敏程度。

提示

　　绘图工具与文本工具的使用请分别参阅第 2、第 3 章。

❋ 文本类别

◎ 字体映射默认设置：如果打开的 Flash 文件使
  用了计算机中没有安装的字体，系统会以此
  处所指定的字体作为默认字体来替换。

◎ 垂直文本：可将文本方向默认设为垂直，并
  设置垂直文本由右至左排列，及取消垂直文
  本之调整字符间距的属性。

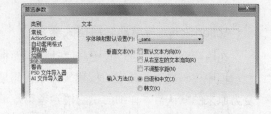

❋ 警告类别

此类别中的选项默认都选择，建议采用默认值。

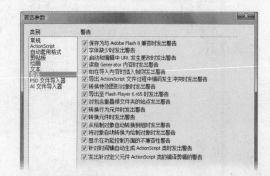

❋ PSD 文件导入器类别

可设置在导入 Photoshop 文件时的默认选项。

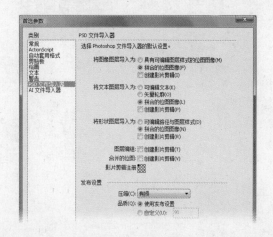

❉ AI 文件导入器类别

可设置在导入 Illustrator 文件时的默认选项。

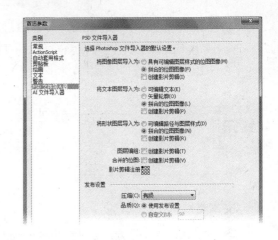

❉ ActionScript 与自动套用格式类别

在这两个类别中可以设置与"动作"面板有关的首选参数,包括程序代码是否自动缩进、是否显示程序代码提示、延迟的秒数、程序代码显示的字体和大小、语法的颜色,还可以将所有设置恢复为原来的默认值。详细的说明请参考第 6 章。

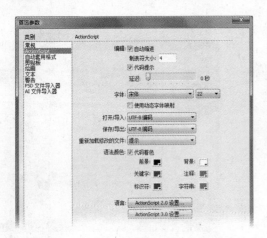

工具箱的绘图工具

市面上有各种矢量绘图与图像处理软件（例如：Illustrator、Photoshop），可以绘制或创建动画所需的各种元件，不过 Flash 本身也具备了基本的绘制功能，可以创建动画角色。

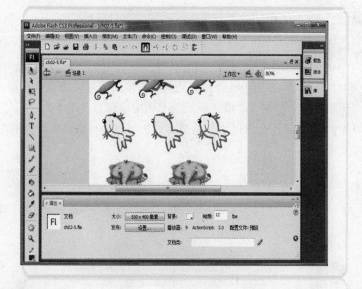

● 范例文件

ch02-3.fla   ch02-4.fla   ch02-4-2.fla
ch02-4-4.fla   ch02-5.fla   ch02-5-3.fla

2.1 主工具栏与工具面板

在说明如何使用各项绘图工具之前，先来认识"主工具栏"与"工具"面板。

❄ 主工具栏

在默认情况下进入 Flash 时并未显示"主工具栏"，可以执行"窗口"→"工具栏"→"主工具栏"命令，将其显示出来。

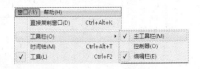 

❄ "工具"面板

Flash 的"工具"面板也称为"工具箱"，按功能主要分成 5 个部分：绘图工具、编辑工具、查看工具、颜色工具及选项工具。

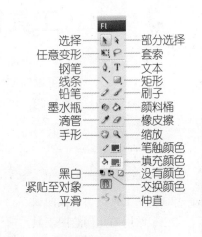

"选项"工具区域会显示某些绘图工具所延伸的工具选项，例如：单击"刷子工具" ✎ 时，会出现"对象绘制"、"刷子模式"、"锁定填充"、"刷子大小"、"刷子形状"等工具；单击"任意变形工具" ▨ 时，会出现"紧贴至对象"、"旋转与倾斜"、"缩放"、"扭曲"、"封套"等工具。

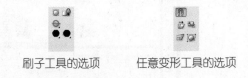

刷子工具的选项　　　任意变形工具的选项

 提示　　"颜色"工具的使用请参考第 3 章。

2.2 常用的几何绘图工具

绘图工具都集中在"工具"面板，在这一节中将介绍常用的几何图形工具，文本的创建请参考第 3 章。

2.2.1　绘制的基本程序

　　不管要绘制的是矩形、圆形、线条或多边形，都不外乎以下的几个主要步骤：

Step 01　从"工具"面板单击工具按钮。

Step 02　视需要从"选项"中单击"对象绘制" 按钮。

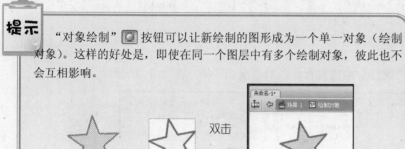

提示

　　"对象绘制" 按钮可以让新绘制的图形成为一个单一对象（绘制对象）。这样的好处是，即使在同一个图层中有多个绘制对象，彼此也不会互相影响。

未单击"对象绘制"单一对象
按钮所绘出的情况

双击

会将绘制的图形视为单一对象

Step 03　从"属性"面板中指定"笔触颜色"、"填充颜色"、"笔触高度"、"笔触样式"等，或单击 自定义... 按钮作进一步设置。

笔触高度　笔触样式

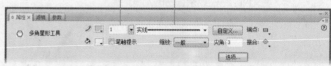

Step 04　在场景中拖动创建图形。

Step 05　图形创建后，可再通过"部分选取工具" 、"任意变形工具" 等，进一步加以编辑。

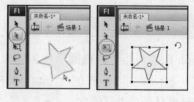

提示

　　若绘制过程出错，可以单击"撤消" 按钮撤消步骤。

2.2.2　线条工具

　　使用"线条工具" 绘制时，以绘图起点作为图形的开始点，可创建封闭图形后进行填充。

提示

　　在启动"紧贴至对象" 功能的情况下，当鼠标指针靠近线条端点时，会出现粗圆图标，自动将新线条的起点与端点贴合，因此可以轻松绘制出封闭区域。要绘制水平、垂直或45°角的线条，只要先按住 Shift 键，再拖动鼠标即可。

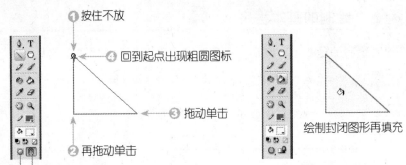

不启动"对象绘制"按钮 启动"紧贴至对象"按钮

线条的绘制，可以通过"属性"面板设置线条的"端点"和"接合"点的形状。

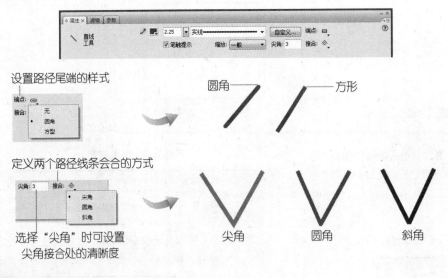

设置路径尾端的样式

圆角　　　方形

定义两个路径线条会合的方式

选择"尖角"时可设置
尖角接合处的清晰度

尖角　　　圆角　　　斜角

2.2.3　矩形工具

Flash CS3 将矩形、椭圆形和多边星形等工具组合在一起，单击"矩形工具" 打开列表，可以先选择工具后再进行绘制。

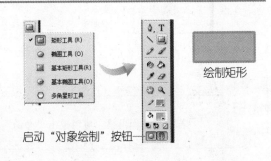

绘制矩形

启动"对象绘制"按钮

提示 按住 Shift 键，再拖动鼠标可绘制正方形。

如果要创建圆角矩形：

Step 01　单击"基本矩形工具"。
Step 02　先拖动创建一个矩形。

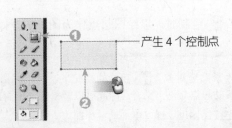

产生 4 个控制点

Step 03 切换为"选择工具" 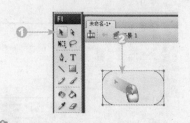 。
Step 04 向内拖动任一控制点。

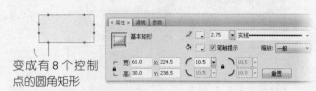

变成有 8 个控制
点的圆角矩形

可以在单击"矩形工具" 或"基本矩形工具" 后，先从"属性"面板中指定圆角半径值，再进行矩形的绘制。要注意的是，接下来若再使用"基本矩形工具" 或"矩形工具" ，会创建相同圆角半径的矩形。虽然这两个工具都可以创建圆角矩形，但它们之间最大的差异是，"矩形工具" 无法像"基本矩形工具" 一样，通过拖动控制点改变圆角半径，也无法通过"属性"面板调整半径值（下一小节的"椭圆工具" 和"基本椭圆工具" 也有相同的性质）。

单击 重置 按钮可恢复为默认值（圆角半径值为 0）

在默认情况下，矩形的 4 个圆角半径值均相同，取消"属性"面板上的"锁定"图标，则 4 个圆角半径可各自指定不同的半径值。

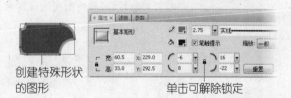

创建特殊形状
的图形

单击可解除锁定

2.2.4　椭圆形工具

绘制一般的椭圆形对象可使用"椭圆工具" 。如果要绘制圆形，可先按住 Shift 键再绘制。

圆形　　椭圆形

启动"对象
绘制"按钮

如果想绘制"扇形"、"甜甜圈"等特殊外形的图案，可以利用"基本椭圆工具" 。

Step 01 单击"基本椭圆工具" 。
Step 02 先创建任一圆形。

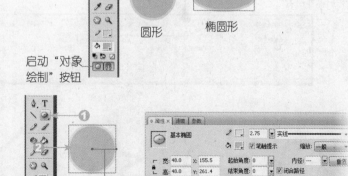

有两个控制点

Step 03 直接从"属性"面板做以下的调整。

✿ 改变"内径"的值可使圆形变成"甜甜圈"。

✿ 调整"起始角度"或"结束角度"会形成"扇形"或"马蹄形"。

同时调整内径和角度

✿ 取消选择"闭合路径"复选框会只保留线条部分。

✿ 单击 重置 按钮可恢复为默认值。

提示　可以切换到"选择工具" ➤ ，直接拖动控制点来进行调整。使用"椭圆工具" ⬮ 时，也可以通过"属性"面板的设置来创建这些特殊图形，不过没有"基本椭圆工具" ⬮ 那么大的调整弹性。

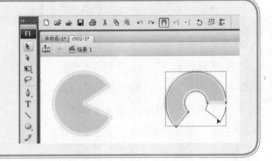

2.2.5　多边星形工具

"多边星形工具" ⬡ 可绘制星形和正多边形，绘制时会以起点作为图形的中心点，还可以旋转角度。绘制前，可通过"属性"面板的 选项... 按钮，设置多边形的"样式"、"边数"和"星形顶点大小"。

值介于 0.0~1.0 之间

五边形　　　　八边形　　　　五角星形，星形　　五角星形，星形　　三角星形，星形　　三角星形，星形
　　　　　　　　　　　　　　顶点大小为 0.5　　顶点的大小为 1　　顶点的大小为 0.5　　顶点的大小为 1

❋ 紧贴至对象工具

在绘制上述这些几何图形时，会发现拖动鼠标绘制时，出现一股"拉力"，将所要绘制的图形趋向圆形、正方形或是水平、垂直线条。这是因为在 Flash 默认情况下，"主工具栏"的"紧贴至对象工具"是启动的。"紧贴至对象工具"在将图形拖动至某一角度时，自动让图形"立正"，此时图形的右下角会出现带有粗圆图标的十字光标，表示"紧贴至对象工具" 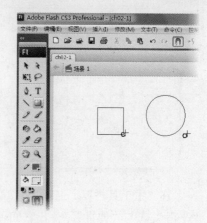 是在启动的状态。若不希望绘图时受到"紧贴至对象工具"的干扰，只要再单击该工具按钮，即可停用紧贴至对象功能。

2.3　神奇的笔工具

除了绘制简单的几何图形外，可以使用各种"笔"工具来徒手绘制图案。

2.3.1　铅笔工具

使用"铅笔工具" 可以用拖动的方式，轻松绘制出图形的"外框线条"。当单击"铅笔工具"之后，在"选项"中会出现"铅笔模式"设置的工具按钮，共有 3 种模式可供选择，分别介绍如下。

❋ 直线化

可以用鼠标画出平顺的直线，系统会使绘图轨迹尽量接近直线。

鼠标拖动时　　　松开鼠标后　　　鼠标拖动时　　　松开鼠标后

当松开鼠标之后会发现，若绘制的路径接近直线时，会自动修饰成直线；若绘制的路径接近弧线，则会自动修饰得更圆滑。

❋ 平滑

在一般应用软件中，要用鼠标一次性画出平滑、柔顺的线条，不是件容易的事。在 Flash 中只要通过"平滑"的功能，即可绘制出十分平滑的曲线，这也是最常使用的模式。

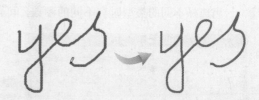

提示

铅笔的"直线化"和"平滑"模式，其自动修饰的功能与"首选参数"中的设置等级有关。

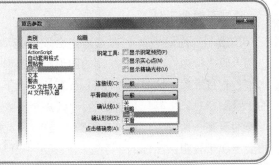

在"主工具栏"上也有两个工具按钮："平滑" ➔S 与"伸直" ➔〈 ，它们可以将所绘制的图形进行再加工。

原始图

单击"平滑"按钮 4 次后

单击"伸直"按钮 3 次后

墨水

使用"墨水"模式时，拖动出来是什么样子就是什么样子，具有手写的感觉。

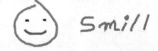

属性设置

无论选择什么模式的"铅笔工具"，在绘制线条时都可以通过"属性"面板来设置"笔触高度"、"笔触颜色"及"笔触样式"。单击 自定义... 按钮可进一步选择笔触的样式。

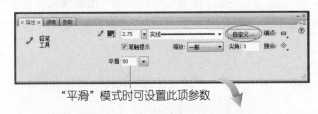

"平滑"模式时可设置此项参数

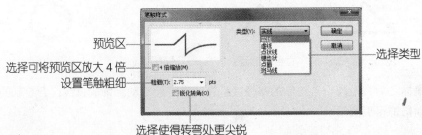

预览区
选择可将预览区放大 4 倍
设置笔触粗细
选择类型
选择使得转弯处更尖锐

当选择不同的类型时有不同的参数，可再加以指定。

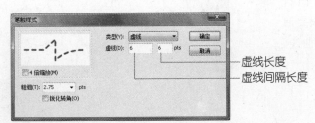
虚线长度
虚线间隔长度

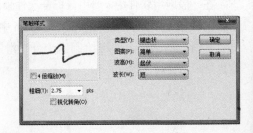

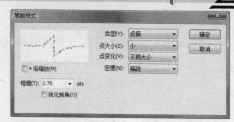

圆点间的空白间距

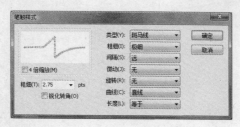

2.3.2　刷子工具

使用"刷子工具" ✏ 可以直观地绘制出像水彩笔（须搭配"压感笔"）或记号笔一样的自然线条，也可以将其视为一种"填充"工具，因此使用时，可以先选择"填充颜色"。单击"刷子工具" ✏ 之后，在"选项"工具中会出现"刷子模式"、"锁定填充"、"刷子大小"、"刷子形状"等工具，使用方法分别介绍如下。

❋ 刷子模式

"刷子工具"的"刷子模式"共有以下 5 种："标准绘画"、"颜料填充"、"后面绘画"、"颜料选择"、"内部绘画"。

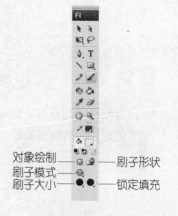

对象绘制 ——— 刷子形状
刷子模式 ——
刷子大小 ——— 锁定填充

◎ 标准绘画：不做任何处理，鼠标拖动到哪里，刷子就刷到哪里。

◎ 颜料填充：将刷子作用在填充区域中，线条的部分完全不会受到影响。

◎ 后面绘画：刷子只会作用在没有图形的区域。

◎ 颜料选择：刷子作用在所选择的填充区域中。
使用时建议依照下列步骤执行：

Step 01 使用"选择工具" ![]单击要填充的区域。

Step 02 单击"刷子工具" ![]。

Step 03 选择"颜料选择"绘制方式。

Step 04 挑选要填充的颜色。

Step 05 开始刷上颜色，刷完之后松开鼠标左键，刷子的颜色就会正确作用在所选择的区域。

◎ 内部绘画：选择时，鼠标拖动的"起点"必须位于填充区域内，否则无法正确填充，而且只有下笔起始区的填充范围会受影响，线条部分不受影响。

下笔区 —

无法填充

下笔区 —

只绘制在下笔区的填充范围，且线条不受影响

❋ 使用压力

只有安装了"压感笔"，在单击"刷子工具" ![]时才会有此选项。选中此功能时，通过运笔时的施力大小，绘制出近似手绘的线条，且这些线条都是"矢量"的。右图中的鸟和树叶，就是使用"压感笔"搭配"使用压力"工具绘制而成的，乍看之下很像毛笔的笔触。

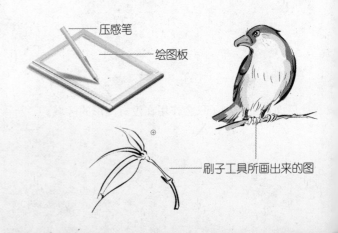

压感笔

绘图板

刷子工具所画出来的图

"使用压力"功能可以让画笔随着压感笔的受力状况，创建粗细不一的线条。倾斜功能可以仿真画笔在倾斜时所绘制的笔触。

🔆 刷子大小

刷子总共有 8 种大小可以选择。

🔆 刷子形状

刷子也有 9 种形状可供选择。

2.3.3　钢笔工具——贝塞尔曲线

"钢笔工具" 🖊 不仅可以画出各种曲线，还可以对曲线做出各种造型。通过这个工具所画的曲线，就是大家常说的"贝塞尔曲线"。利用设置"锚点"（或称节点）与调整"控制点"来创建各种外形，对于经常使用矢量绘图工具的人来说想必不会陌生。在使用这项工具时，可以搭配"部分选取工具" 🔈 。

　　使用"钢笔工具" 🖊 前，可先在"首选参数"的"绘画"类别中，选择"钢笔工具"选项，以方便编辑。若不选择，则鼠标指针会随当前曲线绘制功能而改变，如右图所示。

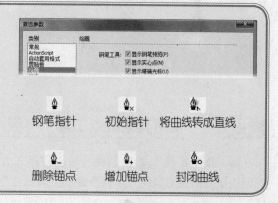

| 钢笔指针 | 初始指针 | 将曲线转成直线 |
| 删除锚点 | 增加锚点 | 封闭曲线 |

当单击"钢笔工具" 🖊 后，鼠标指针的样式也会随着当前曲线绘制功能的改变而改变。以下是绘制曲线与直线的范例：

Step 01　单击"钢笔工具" 🖊 。

Step 02　在画面中单击，创建直线的第 1 个锚点（端点）。

Step 03　移动鼠标指针到线条终点处，再单击一下，完成第 1 个线条。

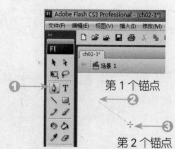

第 1 个锚点　②

第 2 个锚点

Step 04 重复上述步骤继续创建锚点（端点）。

Step 05 在要结束处双击即可完成绘制。

双击

圆形代表封闭

封闭图形

如果回到原起点，当指针右下方出现圆形符号时单击一下，即可完成"封闭图形"（多边形）的绘制。封闭图形可再以"油漆桶工具"填充。

如果在创建锚点时不放开鼠标，表示要创建曲线。

Step 01 创建第 1 个锚点。

Step 02 创建第 2 个锚点。

Step 03 创建第 3 个锚点后不放开鼠标，拖动控制点调整曲度后再放开。

Step 04 重复步骤3，再创建第4个锚点（曲线点）。

Step 05 创建第 5 个锚点。

曲线控制点可用来调整曲线弧度

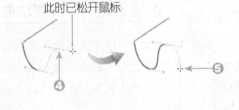

此时已松开鼠标

Step 06 创建第 6 个锚点（曲线点），再回到起点。

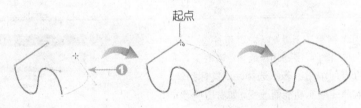

起点

2.3.4 使用其他锚点工具

以"钢笔工具" 绘制曲线时，会建立"曲线点"（也就是连续曲线路径上的锚点）；绘制直线或连接到曲线的直线时，则会建立"转折点"（也就是直线路径上或直线与曲线路径接合点）。

曲线点

转折点

单击"钢笔工具" 打开列表，可以进行以下的编辑。

◎ 以"钢笔工具"  或"添加锚点工具" 在线条上双击，可以添加锚点。

◎ "曲线点"若转换成"转折点"，则以"转换锚点工具"  单击该锚点。

◎ 要删除"转折点"，可以用"钢笔工具" 或"删除锚点工具" 单击该点。

◎ 要删除"曲线点"，用"删除锚点工具" 单击，或以"钢笔工具"  单击两次该点（单击一下会转换成"转折点"，再单击一下才会删除该锚点）。

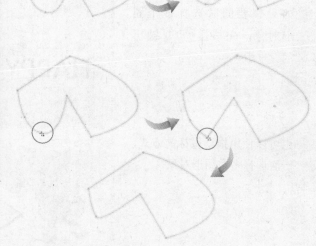

2.4　图形对象的编辑

在前面两小节中，已学会了常用绘图工具的使用方法，这一节要说明如何利用编辑工具编辑绘制的图形对象。

2.4.1　选择工具

"选择工具" 除了可以用来选择图形对象之外，还可以用来移动对象与编辑曲线，请参考以下的操作说明。

选择图形对象

◉ 单击"选择工具" 之后，
再单击要选择的图形对象
即可，例如：选择线条或
是选择填充区域。

选择线条　　　　选择填充区域　　　　　选择组合对象

选择文本　　　　　　　　选择组件

 在线条上双击，可选择相
连且颜色与粗细相同的线条；
或是在填充区中双击，可同时
选择与其相连的外边框。

双击选择相连线条　　　　双击同时选择相连的外边框

◉ 如果想要同时选择多个图
形对象，先按住 Shift 键再
一一单击。

选择多个图形对象

◉ 也可以使用拖动鼠标的方式，
一次选择多个图形对象。

 在默认情况下，只要在选择范围内，即使未被完整选择到，也都
会被选中，这与"首选参数"有关。

　　要取消选择时，可以在文件空白处单击一下；若是选择了多个对象后，要取消选择其中的某个
对象，可以按住 Ctrl 键再单击该对象取消其选择状态。

移动图形对象

　　在 Flash 的绘图方式中，有一个比较特别的情况，是其他绘图软件中较少见的。未单击"对
象绘制" 按钮时所绘制的图形，在"属性"面板会显示为"形状"，不同颜色的填充和线条是

分开的；如果颜色相同则会"融合"为一体。将相同颜色的对象彼此重叠在一起时，它们就会"难分难舍"了。

相同颜色的部分会相连起来

相反，如果颜色不同而彼此重叠，放在下方的对象会被上方的对象"剪去"重叠的区域。

分开后

Step 01 单击"选择工具" ，以鼠标拖动的方式框选要移动的图形对象（注意，此图形不能是已经过组合的单一对象）。

Step 02 将鼠标指针移到已选择的范围（指针会变成"十字箭头"），按住鼠标左键向上拖动。

Step 03 放开鼠标后，会发现图形对象已被切割成两半了。

 要避免绘制的内容彼此间受到干扰，可将绘制好的图形进行"组合"或是转换为"元件"。

启动"对象绘制"功能后所创建的对象，填充和线条会成为一体（不管两者颜色是否相同），此时"属性"面板上会显示"绘制对象"。"绘制对象"彼此重叠时不会发生颜色相同而融合和不同颜色会相减的情况。

未启动"对象绘制"功能

❀ 修改图形线条

◎ 单击"选择工具" ↖，将指针移动到要编辑的线条，这时指针的下方会出现"弧线"。

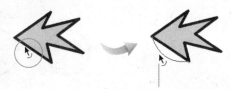

按住鼠标左键拖动即可调整线条

◎ 如果所绘制的图形对象有"尖角锚点"，将指针移动到锚点时，指针下方会出现"90度线"。

按住鼠标左键拖动可以调整锚点

2.4.2　套索工具

在上一小节中，介绍了使用"选择工具" ↖ 来框选图形对象，但只能框选矩形的区域。如果要框选非矩形区域，可以使用"套索工具" ◯。

"套索工具"可以框选任意范围，当单击"套索工具" ◯ 后，在"选项"中会出现3个工具按钮，如右图所示。

如果仍觉得无法精确地圈选图形对象，可以使用"多边形模式工具" ◯，记得要在最后双击，即可顺利选择。

魔术棒 —— 　魔术棒设置
多边形模式 ——

圈选范围

"套索工具"会自动连接终点和起点，成为封闭的选择范围

"魔术棒" ✕ 则用于选择经"分离"后的"位图"的相近颜色，使用前可先单击"魔术棒设置" ✕ 按钮，在对话框中指定"阈值"。可以输入 0~200 的数值，默认值为 10。数值越高，选择到的颜色越多。

网状区域即是选择区

"阈值"为 10 的选择区

"阈值"为 50 的选择区

2.4.3 部分选取工具

以绘图工具所绘制的圆形、多边形、线条、贝塞尔曲线等,都可通过"部分选取工具" 选择锚点来进行编辑。在默认情况下,被选择的锚点会显示为实心圆。

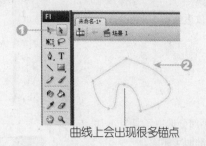

② ←

曲线上会出现很多锚点

Step 01 先选择"部分选取工具" ,再单击已绘制好的图形。

提示　　如果在"首选参数"中未设置显示实心点,则锚点会呈现空心,被选择的锚点则呈实心。

Step 02 单击并拖动锚点可以改变锚点的位置。

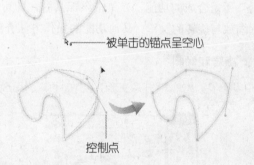

被单击的锚点呈空心

Step 03 单击曲线上的锚点,锚点的两旁会出现两个控制点,拖动控制点可以调整曲线的长度和角度,或是曲线的倾斜度。

控制点

提示　　通常曲线锚点会有两个控制点。与被选择锚点相连的曲线端点,只有一个控制点,线条的"转折锚点"不会有控制点。

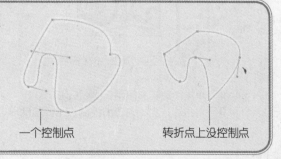

一个控制点　　　　转折点上没控制点

Step 04 会发现在拖动控制点时,两个控制点会一起移动,这时可以先按住 Alt 键,再拖动控制点,即可调整单边的控制点。

按住 Alt 键调整单边的控制点

Step 05 要将"转折点"转换成"曲线点",可用"部分选取工具" 选择该锚点,再按住 Alt 键不放后拖动,以调整控制点。

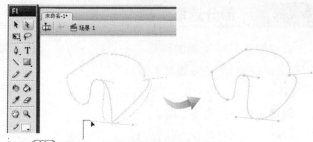

按住 Alt 键拖动,可再调整控制点改变曲度

Step 06 用"部分选取工具" 单击锚点,再按 Del 键即可删除。

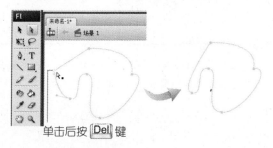

单击后按 Del 键

2.4.4 任意变形工具

"任意变形工具"是由"旋转和倾斜"、"缩放"、"扭曲"和"封套"所组合成的功能,当单击该工具时,即可针对选择的对象进行缩放与旋转的操作。其他功能的操作方法介绍如下。

❋ 旋转和倾斜

Step 01 先单击"任意变形工具" 再选择图形。

Step 02 将指针移到 4 个角的控制点,拖动即可调整旋转角度。

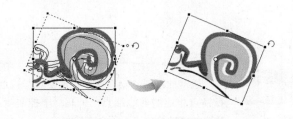

图形的四周会出现 8 个控制点

Step 03 单击"旋转和倾斜" 工具。

Step 04 将指针移到 4 条边的控制点上,拖动即可调整图形的倾斜方向。

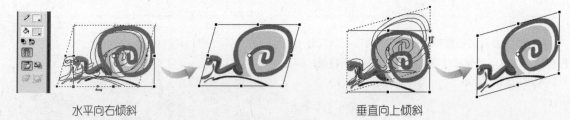

水平向右倾斜   垂直向上倾斜

在执行"旋转"功能时,也可以搭配键盘按键来操作。

◎ 按住 [Shift] 键：每次旋转 45°。

◎ 按住 [Ctrl] 键：以图形中心点为中心进行旋转。

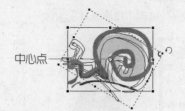

中心点

◎ 按住 [Alt] 键：以要拖动控制点的对角控制点
为中心进行旋转。

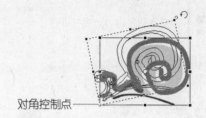

对角控制点

❉ 缩放

　　Step 01　单击"任意变形工
具" ，再选择要缩放的图形。

　　Step 02　直接拖动图形对象
上的 8 个控制点，即可放大或缩
小对象。

拖动 4 个角的控制
点可等比例缩放

原图　　　　　　　变大

变小　　　　　　变高　　　　　　变扁

　　如果先按住 [Alt] 键，再
执行"缩放"功能，可以图形
的中心点为中心进行缩放。

❉ 扭曲

　　使用"扭曲工具" 可以任意扭曲图形对象，不过，"扭曲"命令不能使用在组件、位图、视
频对象、声音、渐变、对象组合或文本上。如果选择范围中包括以上的任何项目，则只有图形对象
会被扭曲。

文本可在执行两次"分离"命令后使用"扭曲"变形，分离的操作请参考第 2.5.4 节。

Flash CS3

Step 01 先单击"任意变形工具" ![] 再选择要扭曲变形的图形。

Step 02 单击"扭曲工具" ![]。

Step 03 拖动图形对象 4 个角上的控制点，可以任意扭曲图形。

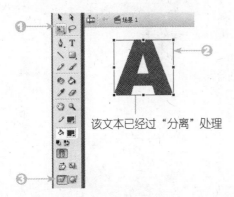

该文本已经过"分离"处理

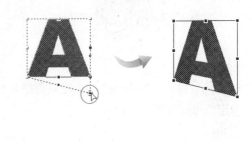

Step 04 拖动图形对象 4 个边上的控制点，可以倾斜变形。

如果按住 [Shift] 键，再拖动 4 个角上的控制点，左右或上下两边会同时扭曲；若是图片则会产生透视效果。

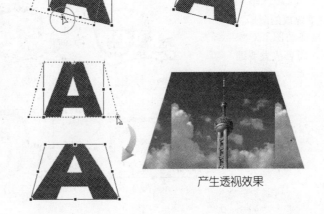

产生透视效果

封套

"封套工具" ![] 和"扭曲工具" ![] 的使用前提是一样的，必须将图形对象或文本"分离"才能使用。使用"封套工具" ![] 可以任意改变图形对象的外形，善加运用即可绘制各种独特的图案。

Step 01 先单击"任意变形工具" ![]，再选择要改变造型的图形。

Step 02 单击"封套工具" ![]。

Step 03 拖动图形对象的"锚点"（黑色方点），可以改变图形的外观。

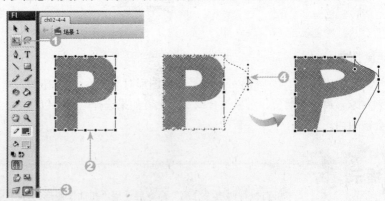

Step 04　拖动图形对象的"控制点"（黑色圆点），可以改变曲线的斜率。

❄ 调整图形的中心点

一般而言，在对对象进行旋转与缩放时，图形上都会有一个参考用的中心点，若能善用这个中心点，就可以搭配出许多造型，现在来练习如何调整对象的中心点。

Step 01　单击"任意变形工具" ，再选择要调整的图形对象。

图形的中心会出现白色圆点

Step 02　直接拖动这个圆点，即可改变对象的中心点位置。

Step 03　接着进行旋转，图形对象会以新的中心点为基准进行旋转。

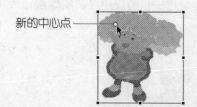

新的中心点

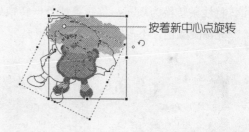

按着新中心点旋转

提示

在中心点上双击可恢复到默认的中心位置。

❄ 变形面板的使用

使用"任意变形工具" 时，通常以拖动方式进行，如果想要进行更精确的设置，可以通过"变形"面板来执行，按 Ctrl + T 快捷键将面板显示出来。

宽度　　　　　　　　　　　　　　　　高度
　　　　　　　　　　　　　　　　　　顺时针旋转角度
　　　　　　　　　　　　　　　　　　水平倾斜角度
垂直倾斜角度　　　　　　　　　　　　重置
　　复制并应用变形

原图

旋转30°

水平倾斜60°

Flash CS3

另外，使用"修改"→"变形"子菜单下的命令，可以将对象快速地进行水平、垂直翻转；经过变形处理后的对象，可立刻再以"取消变形"命令恢复为原始的状态。

2.4.5　使用形状特效

在"修改"→"形状"的子菜单中，有几个好用的命令，可以处理图形对象的填充效果。

 提示　"属性"是"形状"的对象，才能执行形状特效。

◉ **将线条转换为填充**：将线条或外框转换成填充区域，再做进一步的应用（其实线条已经可以填充渐变颜色，不需再将线条转为填充）。

原线条　　　　　　　　　　　　变为填充形状
并填入渐变色

◉ **扩展填充**：可将填充的形状向外扩张或向内缩小。

原图　　　　扩展 10px　　　内缩 5px

◉ **柔化填充边缘**：从字意上就知道和填充有关。

原图　　向外扩展 6px　　向内创建 8px
　　　　的柔化效果　　　的柔化效果

2.4.6 好用的编辑命令

除了改变图形本身的外形之外，经常会对选择的对象进行复制、剪切等操作，"编辑"菜单中有一些常用的编辑命令，例如：撤消、重复、剪切、复制等，这些命令与一般应用程序中的操作无异。

在制作动画组件的过程中，会用到"复制"和"剪切"命令，然后再粘贴到文件中或其他文件，在执行"粘贴"命令时，有 3 个选项可以选择。

◉ 粘贴到中心位置：也就是执行 Ctrl + V 快捷键，此时对象会粘贴到当前选择的图层和帧，并放置在舞台的中央。

◉ 粘贴到当前位置：可执行 Ctrl + Shift + V 快捷键，对象会粘贴到与复制来源相同的坐标位置上，这个命令非常好用，尤其必须在不同文件中进行剪切或复制对象时。

◉ 选择性粘贴：可以选择以原来的格式，或以位图格式进行粘贴。

2.5 对象的组合、对齐、分离

在绘制各种图形的过程中，可能会创建许多的小图形；而一张完整的图片，也可能是由许多小图形所组成。这时，可以执行"组合"功能，将分散的图形结合成单一的图片；或者也可以调整图形对象的排列顺序，使图片呈现最佳的效果。

2.5.1 组合与取消组合

许多绘图软件都会提供"组合"功能，其最主要的目的是将图形结合在一起，方便移动与编辑。

Step 01 选择要执行组合的所有图形对象。

Step 02 执行"修改"→"组合"命令，或是按 Ctrl + G 键，即可组合对象。

组合后的图形，会出现宝石绿颜色的外边框

提示 "首选参数"中可以指定组合对象被选择时的轮廓颜色。

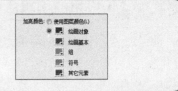

图形对象组合之后，可以视为一个独立的对象，且会和原本的底稿自动分开。这样一来，就可以在其前方或背后绘图，不必担心会产生覆盖图的情况。

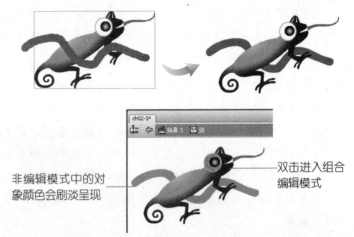

若要编辑组合之后的图形对象，只要在已组合的图形上双击，即可进入组合中编辑图形。编辑完毕之后，单击"场景 1"或在空白区域双击就会回到原来的模式了。

非编辑模式中的对象颜色会刷淡呈现

双击进入组合编辑模式

如果要"取消组合"，只要单击要解散组合的图形，执行"修改"→"取消组合"命令，或是按 [Ctrl] + [Shift] + [G] 组合键即可。

提示 "组合"的操作可以分阶段进行，也就是说，经组合过的对象，可以再与其他对象组合。

2.5.2 调整对象前后顺序

对象会因创建的先后而有前后的顺序关系，将图形对象执行"组合"功能之后，可能会发现图形在画面上的显示顺序和预期的不相同，这时可以对顺序进行调整。

未组合前　　　　各自组合后

Step 01 单击要调整的图形对象。

Step 02 执行"修改"→"排列"命令，再选择相关的顺序调整命令，即可进行图形顺序的调整。

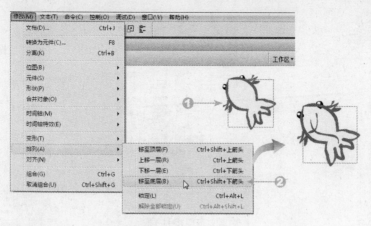

<u>Step 03</u> 再选择眼睛部分，执行"移至顶层"命令。

除了可以执行命令来调整图形的前后顺序之外，也可使用键盘按键来操作。

* 按 [Ctrl] + [Shift] t + [↑] 键：移至顶层
* 按 [Ctrl] + [↑] 键：上移一层
* 按 [Ctrl] + [↓] 键：下移一层
* 按 [Ctrl] + [Shift] + [↓] 键：移至底层

◎ 锁定：当同一个图层中有多个重叠对象时，为了防止某个对象被移动，可以将这些对象"锁定"。经过锁定的对象将无法被选择或编辑，除非解除锁定，执行"修改"→"排列"→"解除全部锁定"命令会将所有锁定的对象同时解除。

2.5.3 图形对象的对齐

按下 [Ctrl] + [K] 组合键可以将"对齐"面板打开，通过面板上的工具按钮，可以将选择的对象对齐某个基准点、均匀分布间距或是匹配对象的大小等。

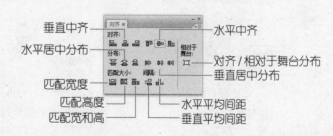

除非是要相对于舞台，否则通常要选择两个以上的对象再执行对齐操作。

下图中的 3 个对象，说明"对齐"面板上各工具执行后的结果。

Flash CS3

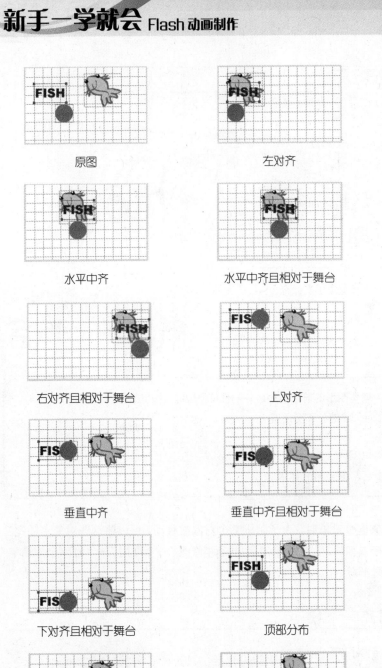

原图　　　　　　　　左对齐　　　　　　　　左对齐且相对于舞台

水平中齐　　　　　水平中齐且相对于舞台　　　　　右对齐

右对齐且相对于舞台　　　　　上对齐　　　　　上对齐且相对于舞台

垂直中齐　　　　　垂直中齐且相对于舞台　　　　　下对齐

下对齐且相对于舞台　　　　　顶部分布　　　　　顶部分布且相对于舞台

垂直居中分布　　　垂直居中分布且相对于舞台　　　　底部分布

底部分布且相对于舞台　　　　　左侧分布　　　　　左侧分布且相对于舞台

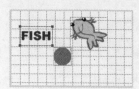

水平居中分布

水平居中分布且相对于舞台

右侧分布

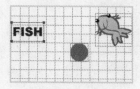

右侧分布且相对于舞台

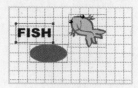

匹配宽度

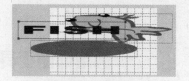

匹配宽度且相对于舞台

匹配高度

匹配高度且相对于舞台

匹配宽度和高度

匹配宽度和高度且相对于舞台

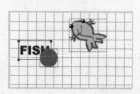

垂直平均间隔

垂直平均间隔且相对于舞台

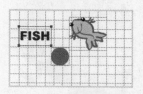

水平平均间隔

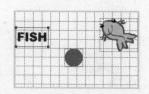

水平平均间隔且相对于舞台

2.5.4　对象的分离

　　在 Flash 中的图形对象，例如：文本、位图、组合对象或组件等，可以经过"分离"命令而成为填充区域，可再进行填充或变形。要注意的是，经过"分离"后的对象将会失去对象原有的属性。

　　Step 01　选择画面中的位图。

Step 02 执行"修改"→"分离"命令。

 提示

有关文本的"分离",请参考第 3 章的介绍。

分离后的图形

2.6 活用辅助工具

在舞台中绘制各种图形对象、文本或制作组件时,活用一些辅助工具可以帮助您更有效地完成绘图操作。

2.6.1 查看工具

虽然通过"显示比例"列表可以调整舞台中对象的显示比例,不过如果想要详细查看某个对象,通过"工具"面板的"查看"工具比较有效率。

Step 01 单击"手形工具"。

Step 02 在舞台上拖动想查看的区域。

 提示

使用绘图工具时(文本工具 **T** 在编辑状态下除外),按住空格键,鼠标指针会暂时从现有的工具切换为"手形工具" ,方便操作。

Step 03 单击"缩放工具" 。

Step 04 选项中会显示"放大" 及"缩小" 两个选项,可以视状况进行选择。

Step 05 单击舞台中要缩放的区域,每单击一次,会呈倍数比例放大或缩小(原为25% 会变成 50%,100% 会变成 200%)。

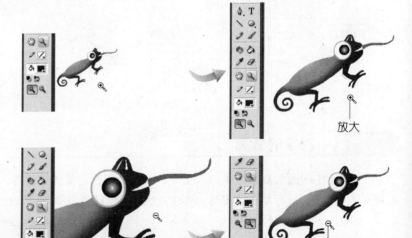

放大

缩小

 提示

使用此工具时按住 Alt 键,可快速转换为相反(放大或缩小)的状态。

2.6.2　标尺/网格与辅助线

　　Flash 是面向对象的应用程序，因此"定位工具"的使用格外重要。舞台的坐标是以左上角为原点（0，0），可以执行"窗口"→"信息"命令将"信息"面板打开来对照鼠标指针位置的坐标值。

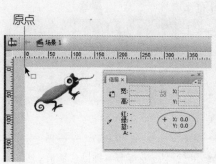

原点

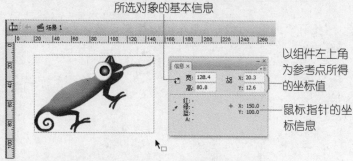

所选对象的基本信息

以组件左上角为参考点所得的坐标值

鼠标指针的坐标信息

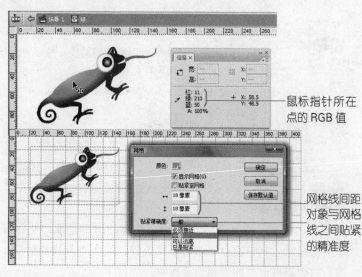

鼠标指针所在点的 RGB 值

网格线间距
对象与网格线之间贴紧的精准度

　　可以单击"视图"→"标尺"命令来显示标尺；执行"视图"→"网格"→"显示网格"命令可以在舞台中显示出网格线，通过"编辑网格"命令设置网格线的属性。

　　当选择"贴紧至网格"复选框后，在绘图，移动或缩放对象时，便会自动贴紧网格。

　　"辅助线"是另一个可以辅助对齐对象的工具，先选择"显示辅助线"命令，再从水平（或垂直）标尺上拖动出绿色辅助线。

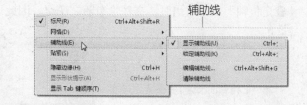

辅助线

　　如果设置了"贴紧至辅助线"命令，当对象靠近辅助线时便会自动贴紧。

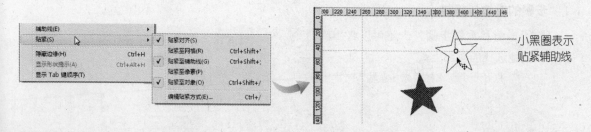

小黑圈表示贴紧辅助线

Flash CS3

为了方便操作，建议绘图时先将"贴紧至网格"或"辅助线"的功能取消，等到要使用时再启动这些贴紧功能。

执行"编辑辅助线"命令可以重新设置辅助线的属性。

可换个颜色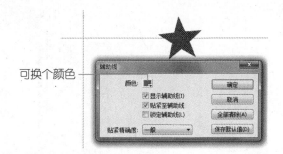

往标尺方向拖动辅助线可以删除辅助线，或以"清除辅助线"命令将所有辅助线删除。"锁定辅助线"命令可防止辅助线位移。

2.6.3　"历史记录"面板

大部分的计算机操作者都很习惯使用 Undo 命令，也就是撤消的功能。在 Flash 中除了按 Ctrl + Z（撤消）、Ctrl + Y（重复）或直接单击工具按钮来撤消或重做外，也可以使用"历史记录面板"选择要撤消或重做的步骤。

在 Flash 中，每一份文件都会有自己的历史记录，从打开文件起就开始记录，直到文件关闭时才清除记录。其中而可记录的步骤数目，是在"首选参数"中所指定的撤消层级数目再加一，超过次数时会将最前面的步骤记录删除。

执行"窗口"→"其他面板"→"历史记录"命令，或按 Ctrl + F10 键即可打开面板。当拖动"步骤定位轴"上的滑块时，文件也会随之变化，因此可以借此观察如果取消或重做时的效果。

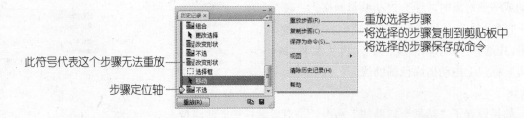

此符号代表这个步骤无法重放

步骤定位轴

重放选择步骤
将选择的步骤复制到剪贴板中
将选择的步骤保存成命令

步骤的重放与复制

除了撤消和重做步骤外，还可以将步骤命令应用在其他选择的对象上。

Step 01　打开一个新文件，先任意输入一串字符。

Step 02 选择字母并按 Ctrl + B 组合键进行分离。

Step 03 选择第一个字母并重新填充。

Step 04 在"变形"面板中将其缩小 50%。

"历史记录"面板
上会记录这些操作 ——

Step 05 单击第 3 个字母。

Step 06 从面板上单击"分离"和"变形"。

Step 07 单击 重放(R) 按钮。

可按 Ctrl 键加选 ——

出现"重放步骤"

提示

如果在文件中撤消了一个（或一个以上的）步骤，接着又执行了新的步骤，将无法在"历史记录"面板中重做这些经过撤消的步骤，因为这些步骤会从面板中消失。

重放(R) 按钮只能用在同一文件中，如果想将步骤重复应用到其他文件的某个对象上，则可以执行"复制步骤"命令。

Step 01 选择"历史记录"面板中的"分离"与"填充颜色"。

Step 02 执行菜单中的"复制步骤"命令。

Step 03 切换到其他文件中，选择要应用步骤的对象。

Step 04 单击"主工具栏"上的"粘贴" 按钮。

两个步骤会简
化成一个步骤

❋ 保存为命令文件

如果有些步骤会被重复使用，那么可以将这些步骤保存成"命令文件"，以后只要直接单击即可应用到选择的对象上。

Step 01 选择要保存成命令文件的命令步骤。   Step 03 输入命令名称。

Step 02 单击面板上的"保存" 💾 按钮。   Step 04 单击 确定 按钮。

Step 05 切换到另一个文件中，选择要应用的对象。

Step 06 选择"命令"菜单，从列表中单击命令名称。

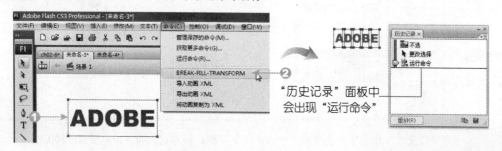

可以将常用的步骤命令保存成命令文件，方便日后重复取用；新增加的命令会列在"命令"菜单中，因此命令的命名最好容易识别。执行"命令"→"管理保存的命令"命令可以将已保存的命令删除或重命名。

单击"获取更多命令"命令可以连上 Adobe 网站，下载更多现有的命令文件，再通过"命令"命令来执行。

❋ 清除步骤记录

"历史记录"面板中的步骤记录会占据内存的空间，此时可执行"文件"→"保存并压缩"命令立即清除记录；若从面板菜单中执行"清除历史记录"命令，会出现警告信息要求确认。

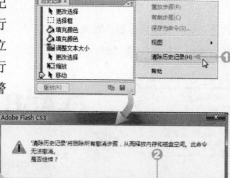 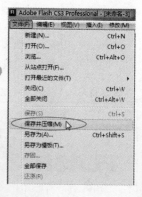

工具箱的颜色与文本工具

学会了绘制图形的基本操作，也掌握了编辑图形对象的技巧之后，在这一章将进一步探讨与颜色有关的操作及文本的处理。

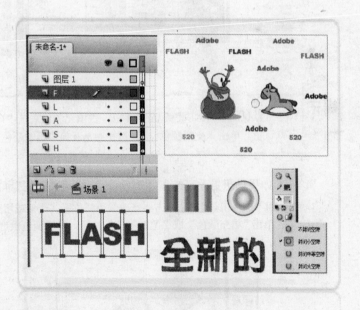

范例文件

ch03-1.fla   ch03-3.fla   ch03-4.fla

3.1 好用的填充工具

在绘制曲线、圆形或矩形等对象时，通常都是通过"属性"面板来设置笔触颜色与样式的，或是在填充区中着色。其实在 Flash 中提供了各种方式可以帮助填充。

3.1.1 颜色工具

使用"工具"面板中的"颜色"工具可以快速地为绘制的图形进行填充。

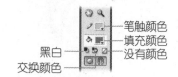

笔触颜色
填充颜色
没有颜色
黑白
交换颜色

无论选择"笔触颜色"或"填充颜色"，都会出现"调色板"。先单击绘图工具，在调色板中挑选所要的颜色，所画出的图形就会呈现所挑选的颜色。

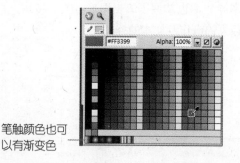

笔触颜色也可以有渐变色

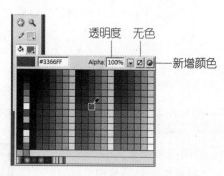

透明度　无色
新增颜色

提示

默认的"笔触颜色"是"黑色"，"填充颜色"是"白色"。单击"黑白" 按钮可以恢复此默认值。单击"交换颜色" 按钮则是互换"笔触颜色"与"填充颜色"的颜色。

事实上，如果只想更改已绘制图形的颜色，使用"工具"面板中的"颜色"工具是最快速的方式。

Step 01　用"选择工具" 单击要修改颜色的位置（线条或填充区）。

Step 02　单击"填充颜色"或"笔触颜色"按钮，打开调色板选择要更改的颜色。

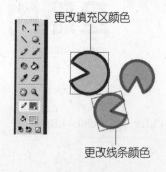

更改填充区颜色

更改线条颜色

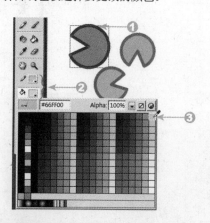

3.1.2　墨水瓶

"墨水瓶工具" 是用来处理线条颜色的工具，在执行此项工具的操作时，只会影响所选择图形的笔触颜色，填充区域不受影响。

笔触高度　笔触样式

Step 01　单击"墨水瓶工具"，在"属性"面板中选择"笔触颜色"、"笔触高度"及"笔触样式"。

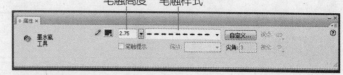

Step 02　在要修改的边框单击一下，即可填上线条颜色。

指针会变成"墨水瓶"的状态

3.1.3　颜料桶

"颜料桶工具" 可以将颜色填入封闭区域中，即使是未全部封闭的区域，也可以进行填充。它与"墨水瓶工具" 的使用方法相同，差别是只作用在填充区域。使用"颜料桶工具" 最方便的地方，是可以同时在不同的区域中，填充同一种颜色。单击该工具后，在"选项"中还有两项工具："空隙大小"及"锁定填充"。

空隙大小　　　　锁定填充

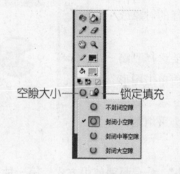

可以在准备填充之前，选择"空隙大小"选项，让 Flash 将有空隙的形状填入颜色。选择"不封闭空隙"时必须先手动将空隙封闭（可使用"部分选取工具" ）。如果图形对象的边线没有封闭，可以尝试用可以容许空隙的选项来进行填充，若仍无法填充，只要将空隙调小一些就可以了。

封闭图形　　有小空隙　　有中空隙　　有大空隙

提示

"显示比例"对于"空隙大小"的判断会有影响。如果空隙太大无法填充时，可试着将"显示比例"缩小，就有可能可以填充。

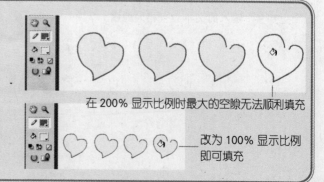

在 200% 显示比例时最大的空隙无法顺利填充

改为 100% 显示比例即可填充

3.1.4 滴管工具

在执行图形对象或文本的填充操作时，若想要采用先前所创造的一些颜色，或是其他图形上所使用的颜色，就可以使用"滴管工具" 。"滴管工具" 可以侦测对象的颜色、笔触粗细、样式，甚至文本的大小等属性，方便再应用到其他选择的对象或文本上。

使用时只要选择"滴管工具" ，再单击图形对象上的填充区域、边线或是文本，即会采用相同的属性设置。

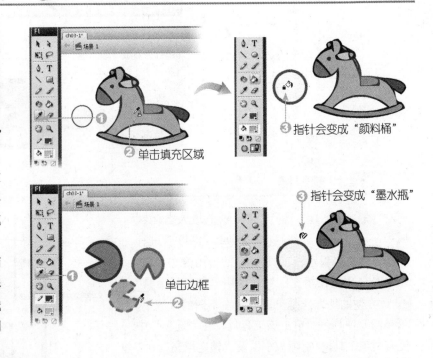

"滴管工具" 有两种使用方式，第一种是先获取已存在对象的属性，再将其应用到新创建或其他的对象上；第二种是先选择要改变属性的目标，再以"滴管工具" 吸取要应用属性的对象。下面以文本为例进行说明。

❋ 第一种

Step 01 单击"滴管工具" ，单击舞台中已格式化的文本。

Step 02 输入的文本会有相同的属性。

变成"文本"的输入状态

"属性"面板上也会显示所选择部分的相关设置

第二种

Step 01 选择要改变属性的文本。

Step 02 切换为"滴管工具" 。

Step 03 单击要应用属性的文本。

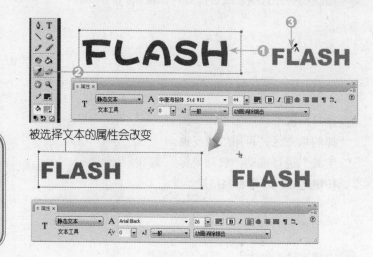

被选择文本的属性会改变

提示

无法直接在组件实例或经过组合的对象上使用"滴管工具",除非进入组件编辑窗口或组合编辑窗口中。

3.1.5 橡皮擦工具

在图形对象填充的过程中,有时候可能想要删除边框或是擦掉填充区域的部分颜色,这种情况就需要"橡皮擦工具" 。单击这项工具后,在"选项"中有 3 个选项工具:"橡皮擦模式"、"水龙头"及"橡皮擦形状"。

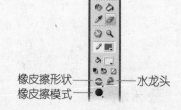

橡皮擦形状 —— 水龙头
橡皮擦模式

橡皮擦模式

◎ 标准擦除:可以擦去所有鼠标拖动过的图形。

下笔擦除点

原图　　　　　　　　　　擦除结果

◎ 擦除填色:只擦去填充区域,保留线条。

◉ 擦除线条：只擦去线条部分，保留填充的区域。

◉ 擦除所选填充：先单击要擦
掉的填充区，再用"橡皮擦
工具"进行拖动，放开鼠标
按键之后，即可看到结果。

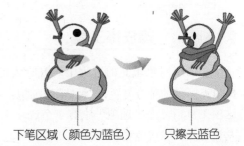

先选填充区域　　　　　进行擦除　　　　　擦除结果

◉ 内部擦除：仅擦去下笔区域的颜色。

下笔区域（颜色为蓝色）　　只擦去蓝色

❄ **水龙头**

　　若要一次性清除大片面积的填充，可
以使用这个工具按钮，非常方便。

Step 01 单击"水龙头工具" 按钮。
Step 02 单击要清除的填充区域。

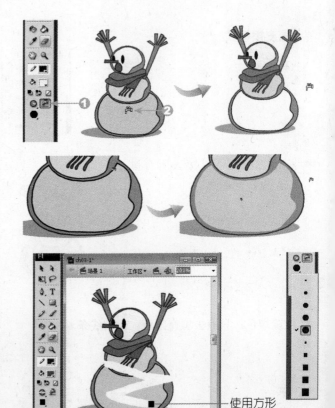

　　除了可以清除填充之外，也可以清除
线条，但是位置要放准确，可先放大显示
再执行。

❄ **橡皮擦形状**

　　可以依据要擦除的区域调整"橡皮擦
形状"，共有 10 种形状可供选择。

使用方形
橡皮擦

颜色的查找和替换

在填充的过程中，如果同时有多个相同颜色的范围需要变换颜色，那么可以利用"查找和替换"命令来轻松完成。

Step 01 打开范例文件"ch03-1.fla"，切换到"场景 2"，文件中有许多"红色"格式的文本和图形内容，执行"编辑"→"查找和替换"命令。

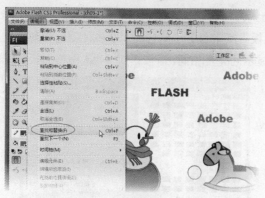

Step 04 打开"颜色"调色板，指针变为滴管形状，直接吸取文件中要查找文本的颜色。

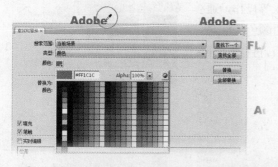

Step 06 对话框下方会出现列表，显示被替换项目的所在位置和类型。

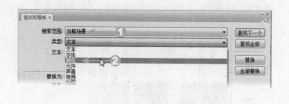

Step 02 打开"查找和替换"对话框，搜索范围选择"当前场景"。

Step 03 从"类型"下拉列表中选择"颜色"。

Step 05 在"替换为"的"颜色"调色板中选择要替换的颜色，在下方取消选择"填充"和"笔触"复选框，单击 全部替换 按钮。

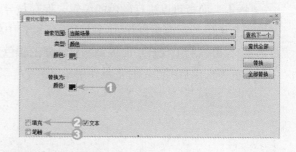

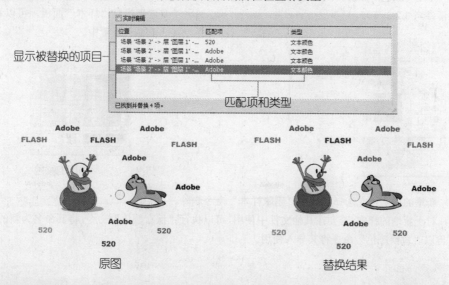

原图　　　　　　　　替换结果

3.2 "颜色"面板的使用

Flash 中与颜色有关的面板包含了"颜色"与"样本",它们可以用来编辑颜色和保存颜色设置。当觉得"样本"工具中的颜色太少又过于单调时,可以使用这两个面板为图形加上颜色。

3.2.1 "样本"面板

当单击"笔触颜色"或"填充颜色"时会打开"调色板",其中包含了默认的 200 多种颜色和渐变色,我们称其为默认的"颜色设置",与"样本"面板所显示的完全相同,请按 [Ctrl] + [F9] 键将面板打开。

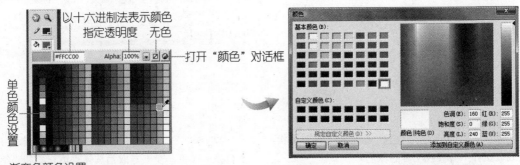

"样本"面板可以进行颜色的编辑、保存与导入等操作,通过面板菜单中的命令来操作。当默认颜色设置中的颜色无法满足需求时,可以利用"颜色"面板调制出所要的颜色后,再存入"样本"面板中,供后续绘图时重复使用。

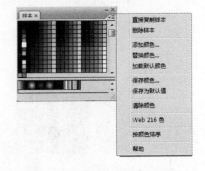

Step 01 先用"颜色"面板调制出自定颜色("颜色"的使用请参考 3.2.2 节)。

Step 02 执行"颜色"菜单中的"添加样本"命令。

Step 03 切换到"样本"面板,可以看到添加的颜色已加入到颜色设置中。

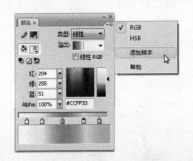

添加的颜色

Step 04 新增的样本可在选择后,用"删除样本"命令删除。

Step 05 对于新增的样本,若要在其他文件中使用,可以执行"保存颜色"命令,将其命名为新的颜色设置。其他文件可再以"替换颜色"命令将其导入使用。

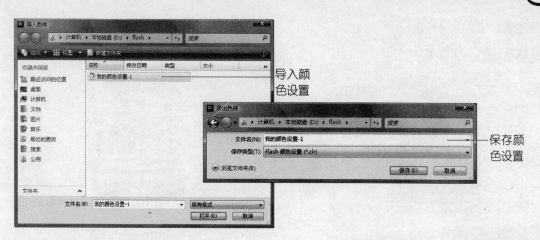

导入颜
色设置

保存颜
色设置

Step 06 要还原为默认的颜色设置，可执行"加载默认
颜色"命令。

Step 07 执行"清除颜色"命令，将留下黑、白两色的
样本和一个黑白渐变色，其余样本将被清除。

Step 08 执行"按颜色排序"命令可将当前颜色设置的
颜色按 HSB 排序。

 如果所制作的 Flash 动画要用在网页上，可以使用浏览器标准的"Web 216 色"，以确保观赏
动画时颜色不会失真。事实上 Flash 默认的颜色设置就是"Web 216 色"。

3.2.2　"颜色"面板

"调色板"中默认的颜色与渐变色只有 200 多种，如
果想要填上其他的颜色，就得通过"颜色"面板来设置，
按 Shift + F9 键可将面板打开。

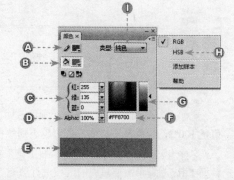

Ⓐ 笔触颜色　　　　Ⓕ 十六进制的颜色值

Ⓑ 填充颜色　　　　Ⓖ 混色区

Ⓒ 调整 RGB 颜色　　Ⓗ 以 HSB 模式调整颜色

Ⓓ 调整颜色透明度　Ⓘ 填充类型

Ⓔ 预览颜色

 HSB 分别代表：Hue（色相）、Saturation（饱和度）、Brightness（亮度）。

填充的样式共有 5 种。　　　　　　　◉ 无：没有颜色。

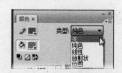 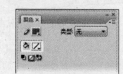

◎ 纯色：填入单一颜色。
◎ 线性：填入线性渐变颜色。

◎ 放射状：填入放射性渐变颜色。

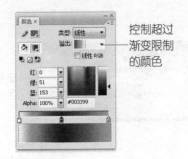

控制超过
渐变限制
的颜色

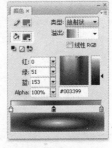

◎ 位图：填入位图。

颜色的使用步骤如下：

Step 01 先选择要设置"笔触颜色"或"填充颜色"。

Step 02 在"类型"列表中选择要设置哪种类型的颜色。

Step 03 可直接从"混色区"中挑选颜色，挑完颜色之后，可以鼠标拖动旁边的颜色控制杆，创造新的颜色；或是直接修改红、绿、蓝颜色的数值调整颜色。

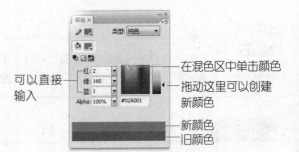

可以直接
输入

在混色区中单击颜色
拖动这里可以创建
新颜色

新颜色
旧颜色

提示

在"混色区"单击颜色，未放开鼠标时"预览颜色"上会出现"新、旧"颜色。

Step 04 还可以设置 Alpha（颜色透明度），默认值是 100%，也就是不透明，数值越小则颜色越透明。

Step 05 设置完毕，以"墨水瓶工具" 或"颜料桶工具" 单击要填充的区域进行填充。

❋ 导入位图进行填充

当选择"位图"类型时，可以导入位图来进行填充，不同的操作方法所得到的结果也不一样。

第一种方式：

Step 01 先单击要填充的区域，再选择"位图"类型。

Step 02 出现"导入到库"对话框，选择图片，单击 打开(0) 按钮。

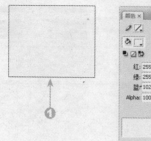

Step 03 选择导入的位图，位图会以等比例导入。

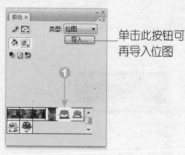

单击此按钮可再导入位图

第二种方式是：

Step 01 选择位图。

Step 02 选择"颜料桶工具"。

Step 03 单击要填充的区域。

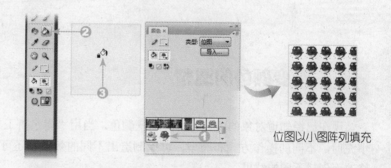

位图以小图阵列填充

3.2.3　新增渐变颜色

Flash 中默认的渐变颜色只有 7 种，可以通过"颜色"面板来新增渐变颜色。"线性"或"放射状"渐变的操作方式都很相似，下面将以"填充"的"线性渐变"为例做说明。

Step 01 选择一种相近的渐变色。

Step 02 在"颜色"面板中选择"线性"类型。

Step 03 在渐变的颜色栏上单击，增加一个"颜色块"；到"混色区"中选择所要的颜色。

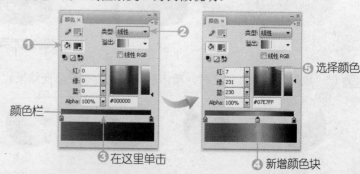

颜色栏

③ 在这里单击

⑤ 选择颜色

④ 新增颜色块

Step 04 要增加其他渐变色，请重复上述步骤。

Step 05 若要删除某个渐变色，请先按住 Ctrl 键，再单击要删除的"颜色块"（此时指针会变成"剪刀"的形状）；也可以直接将"颜色块"拖出颜色栏。

提示

渐变色至少需要 2 个颜色块，最多不可超过 15 个。

Step 06 也可以水平拖动任一颜色块，来调整颜色的渐变范围。

Step 07 新的渐变颜色设置好了之后，可直接填入要填充的区域；或是执行"颜色"菜单中的"添加样本"命令，将新的颜色加入到"样本"中（请参考 3-2-1 节的做法）。

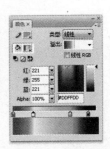

3.3 渐变颜色的调整

现在已经知道对象的填充可以有渐变颜色，当用"墨水瓶工具" 或"颜料桶工具" 进行填充时，不同的操作方式和类型，可以制造出不同的效果。还可以利用"渐变变形工具" 进行修改而创建不同的结果。

◉ 以"线性渐变"填充时，拖动的方向和长度会影响渐变的角度和范围。

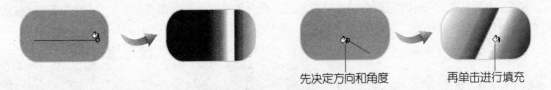

先决定方向和角度　　　　再单击进行填充

◉ 以"放射状渐变"填充时，单击的位置也会影响渐变结果。

3.3.1 渐变变形工具

"渐变变形工具" 最主要是用来编辑填入图形的渐变颜色，所以图形对象必须经过填充之后才能使用这项工具。它的编辑模式，会因所选择的填充类型不同而不同。

提示

这个工具只能使用在"渐变色"与"位图"的填充。

Step 01 单击"任意变形工具" ，从列表中选择"渐变变形工具" 。

Step 02 选择要编辑颜色的图形，此时图形上会出现控制点。

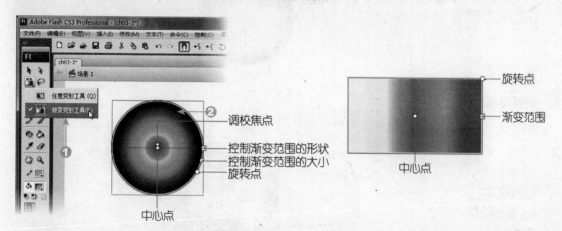

可以通过这些控制点进行以下的调整。

◎ 缩放渐变颜色的形状

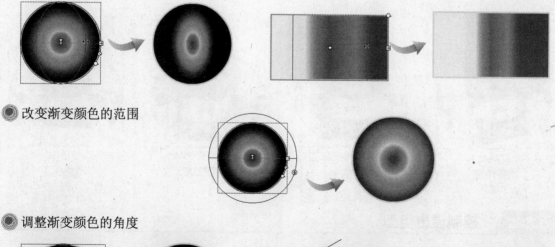

◎ 改变渐变颜色的范围

◎ 调整渐变颜色的角度

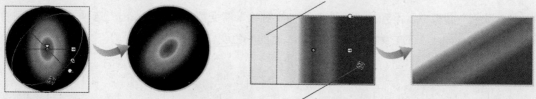

◎ 改变渐变颜色的中心位置

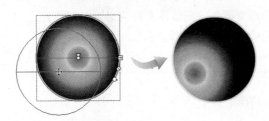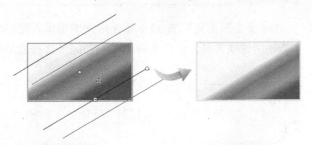

◎ "放射状渐变"可以更准确地调整渐变颜色

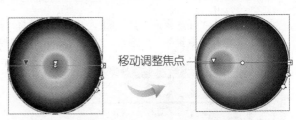

移动调整焦点

❄ **调整位图填充**

如果是位图填充,用"渐变变形工具"单击时,会出现 7 个控制点。

Ⓐ 旋转点
Ⓑ 中心点
Ⓒ 调整宽度
Ⓓ 调整高度
Ⓔ 调整倾斜度
Ⓕ 等比例缩放

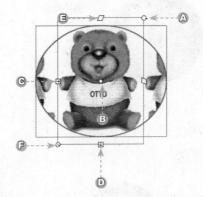

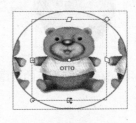

旋转角度   调整宽度   调整倾斜度   调整高度

3.3.2　控制溢出类型

在"颜色"面板中,不管是"线性"或"放射状"渐变都有一个"溢出"选项,用来控制当渐变"溢出"(Overflow)时,剩下的区域在填入时的颜色变化。

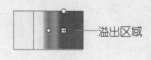 溢出区域

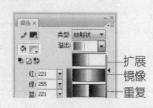

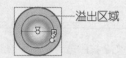 溢出区域

扩展
镜像
重复

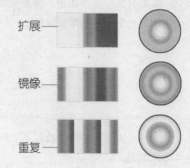

扩展

镜像

重复

3.3.3　锁定填充工具

在使用"笔刷工具" 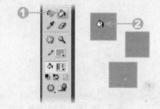 和"颜料桶工具"  时，选项中会出现"锁定填充" 的项目，默认为不启动，此时各个填充区域可以保有自己的渐变色变化。当启动时，所有的填充区域会参照（延伸）相同的渐变色（第一个渐变填充的对象）而变化。例如右图中的图形以"线性渐变"填充，可以比较一下启动前后的差异。

每个填充区域可以保有自己的渐变色变化

未启动"锁定填充"

接下来同样创建 3 个矩形，按下列步骤进行渐变填充。

Step 01　选择一种渐变填充，类型为"线性"。

Step 02　用"颜料桶工具"单击第一个矩形进行填充。

Step 03　单击"锁定填充"工具按钮。

Step 04　单击其他矩形进行填充。

填充区域会参照（延伸）第一个矩形的渐变色而变化

Step 05　单击"渐变变形工具" 按钮，再单击第一个矩形，出现控制点。

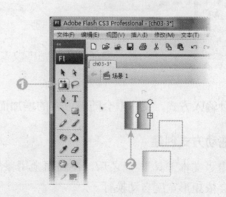

Step 06 单击另外任一个矩形，将发现这两个矩形会延用第一个矩形的渐变控件。

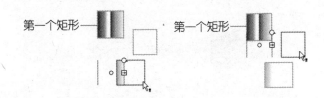

第一个矩形　　第一个矩形

提示

　　　　这是因为在步骤 3 执行了"锁定填充"的操作，所以它们的渐变会按照第一个矩形的渐变变化来填充。

3.4 创建文本

　　文本是动画内容与网页制作中不可缺少的重要元素，在这一节中将说明如何在 Flash 中创建文本。Flash 虽然不是文本处理软件，不过仍具有基本的文本编辑功能，文本的操作和格式化与一般文本软件处理文本框的方式类似。

3.4.1 输入文本

　　在 Flash 中可以用"文本工具" T 来创建文本内容，方法有下列两种。

※ **以单击方式创建**

Step 01 单击"文本工具" T 。
Step 02 在"属性"面板中设置文本的各项格式。
Step 03 在编辑区中单击，开始输入文本。

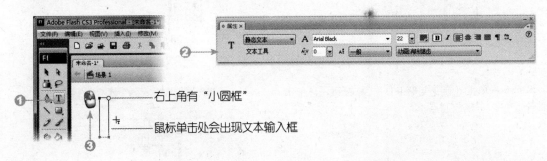

右上角有"小圆框"

鼠标单击处会出现文本输入框

　　这种输入方式，文本框会随着内容的增加而自动调整文本框的宽度，但不会自动换行。

※ **以拖动方式创建**

　　单击"文本工具" T 之后，在画面上用鼠标拖动出一个矩形，文本框右上角有"小方框"，文本内容会依矩形宽度自动换行。

Step 01 单击"文本工具" T 。
Step 02 在"属性"面板中设置文本的各项格式。

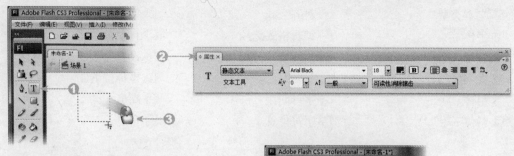

Step 03　在画面中用鼠标拖动出一个方块。

Step 04　松开鼠标之后，即可开始输入文本。

提示　　若是在输入文本时，文本类型选择为"动态文本"，则文本框右下角会有"小方框"。

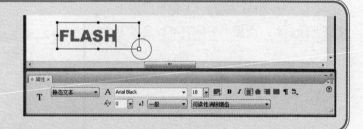

本创建后，在选择状态下四周会有控制点，可直接拖动调整宽和高。

静态文本有 4 个控制点　　　动态输入文本会有 8 个控制点

3.4.2　设置文本属性

在 Flash 中，默认的文本是"Arial Black"字体，通过文本的"属性"面板可以设置文本的字体、大小、颜色等常用的属性。可以在准备输入文本之前，先行设置，也可以选择要修改的文本后，再进行设置。

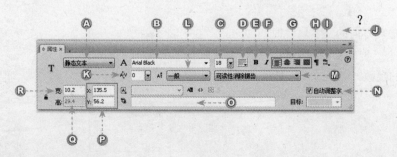

Ⓐ 文本类型　　　　Ⓖ 对齐方式　　　　Ⓜ 字体呈现方法
Ⓑ 字体　　　　　　Ⓗ 编辑格式选项　　Ⓝ 自动调整字
Ⓒ 字体大小　　　　Ⓘ 改变文本方向　　Ⓞ 设置文本的 URL 链接
Ⓓ 文本颜色　　　　Ⓙ 旋转　　　　　　Ⓟ 坐标位置
Ⓔ 粗体　　　　　　Ⓚ 字母间距　　　　Ⓠ 高度
Ⓕ 斜体　　　　　　Ⓛ 字符位置　　　　Ⓡ 宽度

❋ 调整字母间距

　　选择要设置的文本之后，单击"字母间距"旁边的展开 ▣ 按钮，拖动控制杆调整，或是直接输入要调整的数值大小。

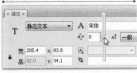
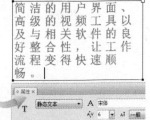

❋ 上下标文本设置

　　选择文本之后，选择"上标"可以设置为上标文本，选择"下标"可以设置为下标文本。

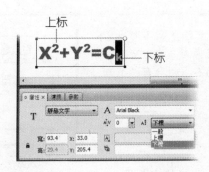

❋ 设置文本方向

　　可以设置垂直方向的文本。选择文本之后，单击"垂直，从左向右"或"垂直，从右向左"命令。

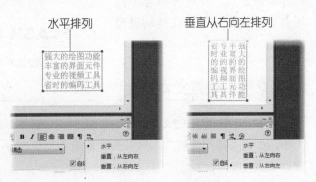

水平排列　　　　垂直从右向左排列

　　当设置为垂直方向的文本属性时，面板上会多出一个"旋转" ▣ 按钮，可以进行文本方向的更改。

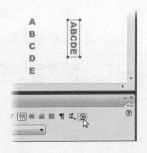

文本缩进与行距

单击"属性"面板中的"编辑格式选项" ¶ 按钮，会出现"格式选项"对话框。通过这个对话框，可以设置文本的"缩进"、"行距"、"左边距"及"右边距"。

简洁的用户界面、高级
的视频工具以及与相关软
件的良好整合性，让工作
流程变得快速顺畅。

首行缩进 18 像素

简洁的用户界面、高级的
视频工具以及与相关软件
的良好整合性，让工作流
程变得快速顺畅。

设置行距 10pt

简洁的用户界面、高
级的视频工具以及与相
关软件的良好整合性，
让工作流程变得快速顺
畅。

首行缩进 18 像素
左边距 10 像素

简洁的用户界面、高
级的视频工具以及与相
关软件的良好整合性，
让工作流程变得快速顺
畅。

首行缩进 18 像素
左右边距各 8 像素

消除锯齿功能

Flash 中使用了新的文本引擎 FlashType，提供多种新的消除锯齿功能，可以让文本看起来更清晰易读。

未清除锯齿—— 有锯齿文字

清除锯齿—— 无锯齿文字

自定义消除参数

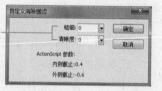

修改文本长度

除了调整文本框上的控制点外，在文本编辑状态下，将指针移到文本框右上角的"小方块"上，指针会变成"双向箭头"，拖动调整要显示的文本长度即可。

若指针显示"双向十字箭头"，则可以调整文本显示的位置。

简洁的用户界面、高
级的视频工具以及与相
关软件的良好整合性，
让工作流程变得快速顺
畅。

简洁的用户界面、高级的
视频工具以及与相关软件
的良好整合性，让工作流
程变得快速顺畅。

简洁的用户界面、高
级的视频工具以及与相
关软件的良好整合性，让工作
程变得快速顺畅。

当文本框呈现蓝色的控制点时，表示选择整个文本框，此时可以直接设置文本的属性。若插入点出现在文本框中，边框和控制点会呈黑色，就必须反白选择文本范围，所设置的属性才会应用到选择范围中。

文本类型

"文本类型"共有 3 种，其创建的方式相同，但性质和功能却不一样。

● 静态文本：一般常用来作为标题或正文的文本对象，可加上"URL 链接"地址而形成超级链接文本。这也是默认的类型。

超级链接文本

● 动态文本：通常会与 ActionScript 搭配，以制作出动态显示的文本。

 提示

ActionScript 3.0 不支持文本的"变量"字段。

● 输入文本：可以让浏览者输入内容，经常与 ActionScript 搭配制作具有交互式功能的窗口或游戏。

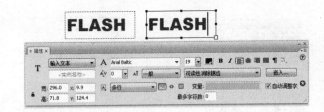

 提示

"动态文本"和"输入文本"可以有"实例名称"，相关的实务应用在第 7 章中会再介绍。

3.4.3　文本的分离

第 2 章介绍过对象的"分离"功能，在 Flash 中要将文本转成一般的填充图形，必须经过两次的"分离"过程。

Step 01　用"文本工具"输入一串文本，并设置好字体及颜色等格式。

Step 02　用"选择工具"单击文本，执行"修改"→"分离"命令（或是按 Ctrl + B 键）。

Step 03　文本字符串先"分离"为一个个的字符（此时仍是文本的属性），接着再重复执行一次。

Step 04 此时文本已"分离"成为"形状"图形，接着可以使用"选择工具"进行调整。

全新的 **FLASH CS3**

调整的结果

Step 05 选择部分文本区域，用"颜料桶工具"更改颜色。

FLASH CS3

Step 06 执行"文件"→"导入"→"导入到舞台"命令，选择一张图片，单击 `打开(0)` 按钮。

Step 07 选择图片，按 `Ctrl` + `B` 键，使图片分离成"形状"图形，然后用"滴管工具" 单击该图形。

Step 08 再填充到选择的文本范围。

全新的

文本一旦变成图形后，可以发挥无限创意对其加以调整，直到满意为止。

提示

在文本特效的制作过程中，总免不了要将文本用动画进行处理，经"分离"为图形的文本必须再组合起来才能创建移动补间动画；相反的，如果是要创建形状补间动画，则文本必须是分离为形状图形才可以。

3.4.4 　分散到图层　

这个命令可以搭配文本的"分离"功能，将文本分配到不同的图层中，方便制作动画。

Step 01 先输入文本，再将文本"分离"。

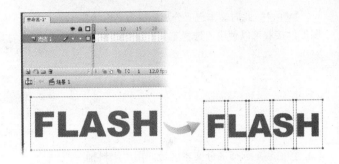

Step 02 在文本上右击，选择"分散到图层"命令。

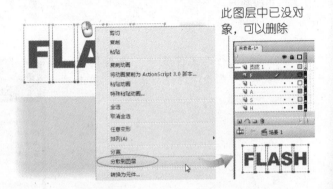

此图层中已没对象，可以删除

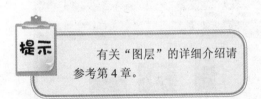

有关"图层"的详细介绍请参考第4章。

3.4.5 默认替换字体

当打开一份早期版本或别人制作的 Flash 作品时，若其中文本的字体在计算机中没有安装，Flash 会出现替换窗口，列出需一一替代的字体。可以单击 选择替换字体... 按钮，选择一种现有的字体替换；或是按下 使用默认值 按钮选择由系统默认的字体来替换。

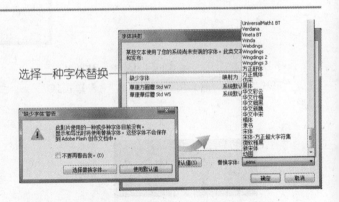

选择一种字体替换

系统默认的字体可以从"编辑"→"首选参数"的"文本"类别中指定。

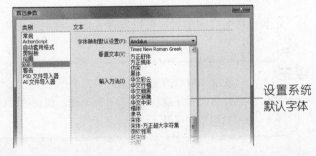

设置系统默认字体

　　如果事后安装系统中所缺少的字体，重新启动 Flash 并打开该作品时，就会以原来正确的字体出现，同时该字体也会从"缺少字体"列表中删除。为了避免因缺少字体而使得动画作品的效果被打折扣，一般出现在影片中的文本，在经过格式化后会再进行"分离"操作，使其成为"形状"图形，这样影片输出后，不管是放在网页或传送给其他人，就不会有找不到字体的情况发生了。

动画制作原理解析

前面介绍了 Flash 的操作环境和基本绘图工具，学习绘制基本动画角色的能力。不过，还得了解动画的制作原理，才能让图像作品"动"起来！

学习重点

4.1 动画的基本概念
4.2 图层介绍
4.3 时间轴与帧
4.4 制作基本动画
4.5 时间轴特效

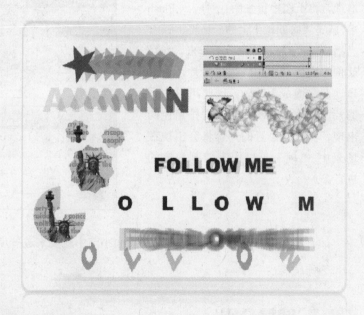

范例文件

ch04-2a.fla　　ch04-2b.fla　　ch04-3a.fla　　ch04-3b.fla　　ch04-3c.fla
ch04-3d.fla　　ch04-3e.fla　　ch04-4d.fla　　ch04-5a.fla　　ch04-5c.fla
ch04-5e.fla　　ch04-5f.fla

4.1　动画的基本概念

想了解什么是"动画"，可以先从"卡通"谈起。相信每个人的童年都少不了"卡通"的陪伴，而卡通影片就是"动画"的一种表现方式。

由于人的眼睛在分辨视觉信号时会产生"视觉暂留"，因此只要快速显示一连串图形，然后在每一张图片中做一些小小的改变（例如：位置或造型），就可以"欺骗"眼睛，造成动画的效果。因此读者在电视或电影上看到的卡通动画，都是利用人类"视觉暂留"的原理，快速刷新画面中的内容，来达到动态的目的。

所以只要将多张有连续性的静态图片，以快速、连续的方式来播放，看起来就像是连续的动画。有些儿童书就是利用这样的技巧，作成有趣的"翻翻书"，读者在快速翻阅时，书中的物体就好像真的动起来了一样。

这几张静态图片依序快速播放，看起来就像是一只奔跑中的野狼

在 Flash 中制作动画也是一样的道理，将上图中每张图片对应到 Flash 中，就是"时间轴"上的一格格"帧"，当播放影片时，物体就会动起来。"帧"就像卡通影片中的一张张底片，依序串连起来而成为动画。因此可以根据影片的内容，依次在帧中安排角色的出现，而这些影片的内容将会出现在场景中，"帧"可以用来控制内容的进行。

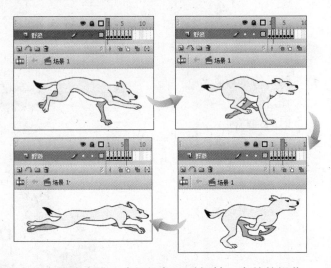

有了以上对动画的初步认识后，在后面小节中就要来进一步认识与"时间轴"有关的操作。

4.2　图层介绍

为了使动画的制作更方便，在绘制卡通时，通常会将画面中的人物、背景等分开制作，再依组合顺序重叠在一起，以便呈现完整的画面。这种层层交叠、分开制作的方式，也就是 Flash 中的"图层"观念。

4.2.1 图层的基本操作 🎬

单击"时间轴" 按钮可以快速切换"时间轴"面板的显示和隐藏,在面板中可以看到许多"帧"（Frame）,每一行的帧各自代表一个"图层"（Layer）,如果要让绘制好的图形对象创建动画,就要在适当的帧中编辑,因此由许多帧所组成的"图层"就十分的重要。

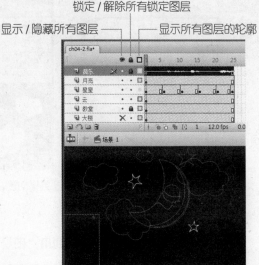

在刚开始建立 Flash 文件时,默认只有"图层 1",可以视动画的实际需要来增删图层。

❄ 新增与删除图层

有两种方式可以新增图层:

◉ 执行"插入"→"时间轴"→"图层"命令,即可在当前所选图层的上方增加一个图层。

◉ 单击"插入图层" 按钮,也可以新增一个新图层。

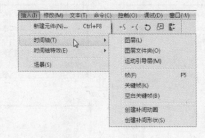

若要删除图层,请选中要删除的图层,再单击"删除图层" 按钮即可。

❄ 更改图层名称

若要修改图层名称,直接双击要重命名的图层,再输入新的图层名称即可。

双击

Flash CS3

调整图层顺序

"图层"的上下顺序，会影响其中图形的前后关系，而造成不同的视觉效果。一般来说，新增的图层会位于原有图层的上方，若要调整图层顺序，请直接使用鼠标拖动要移动的图层。拖动时，画面会出现一条网状的提示线，让用户可以轻易地将图层拖动到正确的位置。

提示

拖动面板下方可以调整面板的高度，以便控制要显示的图层内容。

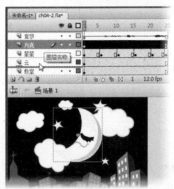

图层移动前，"月亮"在"云"的前方　　移动后，"月亮"在"云"的后方

图层文件夹

当图形对象增多了以后，可以利用"图层文件夹"对图层进行分类存放。

Step 01 在要创建图层文件夹的图层上单击一下，再单击"插入图层文件夹" □ 按钮。

Step 02 双击图层文件夹名称，更改文件夹名称。

新增的图层文件夹

Step 03 选择要移入文件夹的图层（可按 Shift 键选择数个连续的图层，按 Ctrl 键选择数个不连续的图层），以鼠标拖动方式，将其拖动到图层文件夹；若要将图层移出"图层文件夹"，请直接单击图层，再以鼠标拖动离开"图层文件夹"。

"图层文件夹"名称左边有一个"展开/收合"按钮，单击即可控制文件夹的收合。

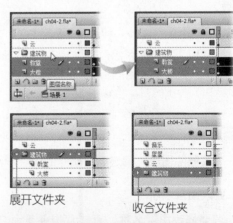

展开文件夹　　　　收合文件夹

如果要删除"图层文件夹"，请单击要删除的文件夹，单击"删除图层" 🗑 按钮即可。若文件夹中含有其他图层，且当前是展开的状态，那么在删除文件夹时会出现信息对话框提醒您，在确认无误之后，单击 是(Y) 按钮即可删除文件夹。

分散到图层

在制作动画时，习惯将所有的角色、图形都绘制妥当（新增为"元件"）后，才建立各个图层，然后再把元件、图形等角色，一一移动到所属的图层。利用"分散至图层"命令，可以很轻松地将所绘制的元件、图形分散到不同的图层中，并自动依元件名称完成命名。

Step 01 打开范例文件"ch04-2a.fla"，画面中的角色分别由不同的元件所组成，这些元件已添加到"库"。

Step 02 先选择所有的图形，在选择范围上右击，选择"分散到图层"命令。

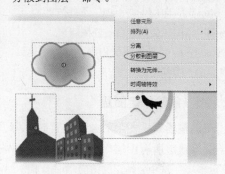

Step 03 已将所有图形分配到每个图层。

> 本例中，图形的每个部分都是一个"图像元件"，当执行"分散到图层"命令后，"图层"名称也会自动命名为与"元件"名称相同。有关"元件"与"库"的使用，请参阅第5章。

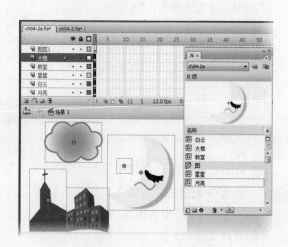

4.2.2 图层的状态设置

在"图层"面板的"状态"栏上，有几种不同的图标，分别代表不同的图层状态。当单击"状态"栏上的图标时，所有图层会同时作用。

状态栏

锁定的图层
隐藏的图层
当前图层

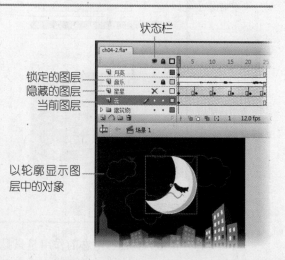

以轮廓显示图层中的对象

> 不管有多少个图层，当前图层只有一个。如果图层已锁定或隐藏，则会呈现无法作用的图标。

无法作用

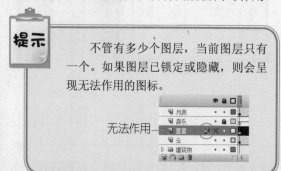

❄ 显示 / 隐藏图层内容

当一个场景中的图形对象越来越多时，隐藏部分图层可以方便编辑特定的对象。

Step 01 选中要隐藏的图层，单击"显示 / 隐藏所有图层" 👁 按钮。

Step 02 图层上会出现一个红色叉叉，且场景中该图层的内容会被隐藏起来。

Step 03 要显示图层内容，只要再单击"显示 / 隐藏图层" 👁 按钮即可。

❄ 锁定 / 解除锁定图层

在调整场景中图形对象的位置时，为了避免不小心移动其他图层中的图形对象，可以使用"锁定 / 解除锁定所有图层"的功能，把不想被移动或修改的图层锁定。

Step 01 选中要锁定的图层，单击"锁定 / 解除锁定所有图层" 🔒 按钮。

Step 02 图层上会出现"锁形"图标，此时图层中的图形对象将无法移动或修改。

 一般来说，在使用"蒙版"（Mask）功能时，遮罩与被遮罩的图层都要同时"锁定"，才能显示正确的遮罩作用，请参考下一小节的说明。

❄ 将图层中的图形以轮廓显示

当选中图层之后，单击"显示所有图层的轮廓"按钮 ▢，则该图层中的图形对象会以轮廓的方式呈现。

在图层图标上双击，打开"图层属性"对话框，可以指定轮廓的颜色和图层类型。

图层图标 ———

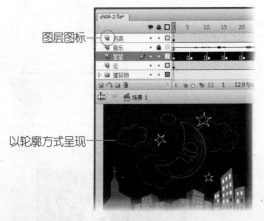

以轮廓方式呈现 ———

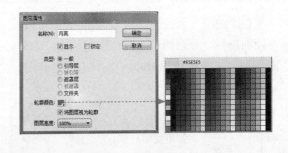

4.2.3　遮罩图层

遮罩又称为蒙版（Mask），它的作用是只显示某范围内的图像，其他的部分会被遮盖住。由于图像是以图层的形式存在的，因此"遮罩"的外形可以决定受影响图层所要显示的内容。"遮罩"的本身除可以包含动画外，还可以配合 ActionScript 来控制遮罩的变化。那么，"遮罩"图层是如何创建的呢？

Step 01 打开范例文件"ch04-2b.fla"，会看到场景中已置入一张图片。

Step 02 在"背景"图层上方新增"遮罩"图层。

Step 03 利用绘图工具在"遮罩"图层绘制一个任意颜色的形状，轮廓的填色改为不填色。

Step 04 在"遮罩"图层上右击，选择"遮罩层"命令。

Step 05 原来的两个图层名称会出现代表遮罩和被遮罩的图标，且两个图层会自动呈"锁定"状态，此时也会出现遮罩效果（完成文件为"ch04-2bok.fla"）。

遮罩图层 ———
被遮罩图层 ———

提示　　"遮罩"的外形稍加变化，效果就会不一样。而且受遮罩影响的图层可以不限于一个，只要将图层拖动到遮罩图层下方即可。

记得将图层锁定

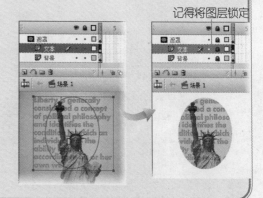

❋ 还原遮罩图层

如果想将遮罩图层或被遮罩的图层还原为正常的图层，可以在遮罩或被遮罩图层上右击，选择"属性"命令，在"图层属性"对话框中将"类型"改为"一般"即可。

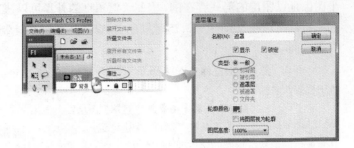

也可以在遮罩图层上再执行一次"遮罩层"命令，即可将其下的全部图层还原为一般图层。

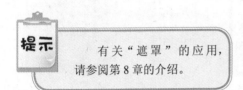
提示：有关"遮罩"的应用，请参阅第 8 章的介绍。

4.3 时间轴与帧

通过 4-1 节的介绍，我们知道"时间轴"（Timeline）与"帧"（Frame）是整个动画影片的"控制面板"，也是安排动画出场的指挥棒。只要编辑帧中的内容，再由这些帧中的图形执行移动与变化，就能创建动态的影片。明白帧的主要作用之后，下面就来看看有关帧的几个重要设置。

4.3.1 帧的基本认识

"帧"就像是拍摄电影用的底片，每一个帧中的内容都不尽相同，因为人的眼睛在接受视觉信号时会创建"视觉暂留"，所以这些图形经过一连串的播放，眼睛接收到的画面就像是流畅的动画。

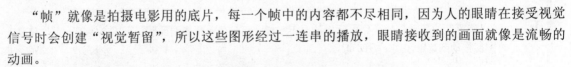

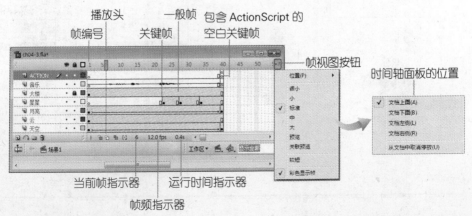

帧的类型

在 Flash 中主要有 3 种帧类型，介绍如下：

帧（Frame）

也就是一般的帧（可按 F5 键创建），一般帧可延续前一个"关键帧"或"空白关键帧"的内容。

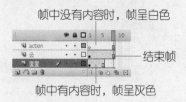

帧中没有内容时，帧呈白色

结束帧

帧中有内容时，帧呈灰色

关键帧（Keyframe）

若要使"帧"中的图形内容不一样，就必须先添加"关键帧"。"关键帧"作用在关键的时刻，在此帧中可以变换场景中的图形对象，这样在播放时才能看到一连串的动画。在 Flash 中绘制动画的第一步就是添加"关键帧"。

要如何添加"关键帧"呢？可以在单击任一个帧后，按 F6 键即可新增一个"关键帧"。接着就可以在此关键帧中更改场景中的内容。

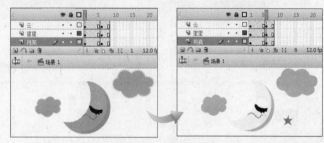

关键帧中的内容可以不一样

当"关键帧"中有图形对象时，关键帧中就会显示"黑色圆点"，用来提示用户此帧中有图形对象。

空白关键帧

一般来说，每个图层的第 1 个帧，都是一个默认的"关键帧"，由于所在帧的场景中尚未有任何内容，因此帧会呈"空心"图标的"空白关键帧"。在此帧的场景中绘制对象内容后，空心图标就会变成黑色圆点的关键帧了！

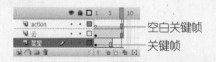

空白关键帧

关键帧

如果希望从某个帧之后不要出现图形，可以单击该帧后，按下 F7 键，插入一个"空白关键帧"。

插入空白关键帧

 提示 "空白关键帧"只会将当前帧中的图形清除，不会增加帧的数量。换句话说，使用"空白关键帧"不会更改影片的长度。

清除关键帧

"清除关键帧"命令并不会删除关键帧，而是将其变成一般的帧。因此帧的内容会延续前一个关键帧的内容。

Flash CS3

 一般在选择帧后右击，然后选择"转换为关键帧"或"转换为空白关键帧"命令，可将多个帧同时进行转换。

❋ 播放头

在"时间轴"面板的帧上方有刻度，这些刻度代表帧编号，当播放动画时，红色的"播放头"会由左向右移动。从"播放头"的位置可以判断当前场景中的图像是哪个帧的内容。

可以直接拖动指标到要显示的帧，或左右拖动来观看动画的播放情况。若要用键盘控制，可以按"＜"和"＞"按键，每按一次会移动 1 个帧。

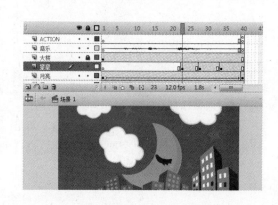

 如果不增加帧，则影片只会播放到最后一个帧的位置，所以"播放头"也只会停留在最后一个帧。

❋ 帧频

Flash 动画每秒钟播放的帧数目就称为"帧频"，默认为 12fps（frame per second），代表每秒钟播放 12 个帧。每秒播放的帧数越多，影片播放就越流畅，相对的就需要使用更多的帧来表现动画。不过，如果计算机的等级不高，反而会达不到预期的效果。

若要修改"帧频"，请执行"修改"→"文档"命令，在"文档属性"对话框中的"帧频"输入设置值。

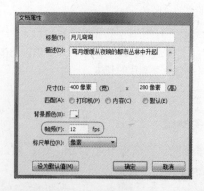

4.3.2　帧的编辑

在制作动画的过程中，经常需要增删帧数，此外也会对帧进行复制、移动等编辑操作，其实复制或移动的实例是帧所在的内容。

❋ 选择帧

帧的选择是编辑帧的基本操作，可以选择单一帧、连续帧或不连续的帧来进行编辑，请打开范例文件"ch04-3a.fla"做练习。

◎ 用鼠标拖动来单击连续的帧范围。

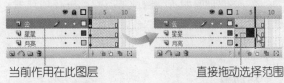

当前作用在此图层　　　　　　　直接拖动选择范围

◎ 按住 [Shift] 键单击，可选择连续帧。

◎ 按住 [Ctrl] 键单击，可选择不连续的帧范围。

◎ 单击图层，图层中的所有帧将同时被选择。

◎ 直接单击场景中的对象，包含该对象的所有帧会自动选择。

❋ 新增帧

在打开一个新文件时，默认只有 1 个图层、1 个帧，可视状况来新增帧。

Step 01 打开一个新文件，当前只有 1 个帧，请单击第 5 个帧。

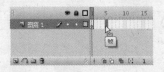

Step 02 按一下 [F5] 键，即可新增 4 个帧，而成为 5 个帧。

当前帧中没有内容

新增加的帧,其内容会延续前一个"关键帧"的内容，本例中就是帧 1 的内容。当再新增图层时，新图层也会有相同数目的帧。

帧中有内容了

可以在现有帧范围内再插入帧，只要先选择帧范围，按下 F5 键即可新增与选择范围相同数量的帧数。

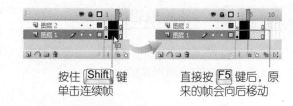

按住 Shift 键单击连续帧

直接按 F5 键后，原来的帧会向后移动

❋ 删除帧

若不小心增加了一些多余的帧，可在选择要删除的帧后右击，选择"删除帧"命令，即可删除选择的帧。

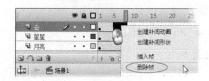

❋ 移动帧

帧的移动有两种方式。以拖动帧方式移动时，选择范围是否包含关键帧，其结果是不同的。

Step 01 打开范例文件 "ch04-3c.fla"，图层 1 的关键帧 1、6、11 中各有不同的内容。

Step 02 将图层 1 的帧 11~ 帧 15 选择后（含关键帧），拖动到图层 3 的帧 11。

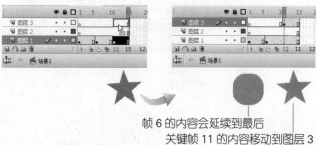

帧 6 的内容会延续到最后
关键帧 11 的内容移动到图层 3

Step 03 将图层 1 的帧 3~ 帧 5 选择后（不含关键帧），拖动到图层 2 的帧 6。

不影响图层 1 的帧数

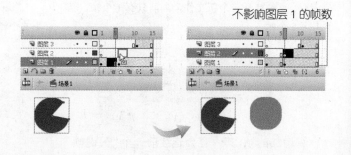

由此可知，选择范围中若包括关键帧，则关键帧的内容会移动到新位置；不包括关键帧则会将选择范围的内容复制到目的位置。

另一种方式则是通过命令来进行，可以在选择帧范围后单击右键，选择"剪切帧"命令，将选择范围的帧剪切后，再到目的位置粘贴帧，这种方式会真的将帧从来源位置剪切掉。

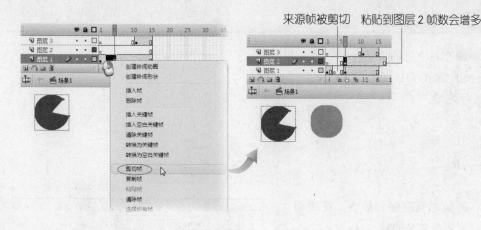

来源帧被剪切　粘贴到图层2帧数会增多

复制帧

要将场景中的元件复制到其他图层或其他文件中，最快的方式就是复制帧。如果是同一场景中的复制，可直接拖动选择的帧，并按住 Alt 键移动，即可复制帧。

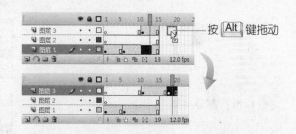

按 Alt 键拖动

若目的位置离得较远，可以"复制帧"命令再搭配"粘贴帧"命令来执行。

反转帧

"反转帧"命令可以将动画内容的播放顺序反转，是动画制作过程中非常好用的一个命令。

打开范例文件"ch04-3d.fla"，按下 Enter 键，会看到一辆红色跑车呈现从平驶到车头提高的特技动作。

Step 01 选择从开始到结束的所有帧（帧1~帧8），右击，执行"复制帧"命令。

Step 02 在帧9执行"粘贴帧"命令。

Step 03 选择刚刚粘贴上的所有帧（帧9~帧16），右击，选择"翻转帧"命令。

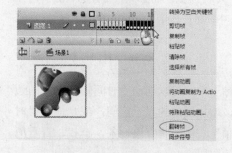

Step 04 按下 Enter 键，会看到跑车由平驶到拉高车头，再由拉高车头到车头平放的特技操作（完成文件为"ch04-3dok.fla"）。

Flash CS3

4.3.3　帧视图

"时间轴"右上方的"帧视图"  按钮可以协助调整帧的显示方式，请打开范例文件"ch04-3b.fla"进行练习。

● 很小：将帧的宽度缩到最小，在画面中可以显示非常多的帧。

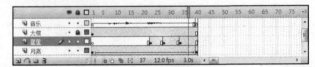

● 小：帧宽度稍微增加。

● 标准：默认的帧宽度。

● 中：帧宽度适中。

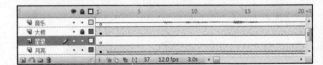

● 大：帧宽度最大。

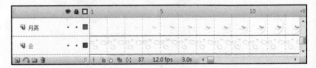

● 预览：将画面中的图形显示在帧中，并且将其布满帧。

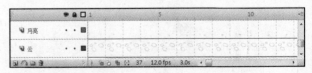

● 关联预览：将影片中的图片显示在帧中，并且显示在画面中的"相对位置"。

如果图层太多，无法完整显示在"时间轴"中，可以拖动"时间轴"下方的边框，增加图层的显示空间；或是拖动"时间轴"右侧的垂直滚动条，查找、查看所需的图层。

也可以拖动"时间轴"右下方的水平滚动条来显示帧。而面板上的"滚动到播放头" 按钮，可快速地将"播放头"所在的帧，移到时间轴面板的中央位置，方便编辑。

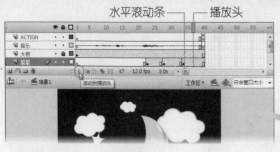

水平滚动条 —— 播放头

播放头位于中央位置

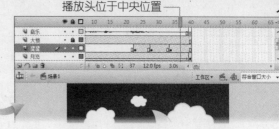

4.3.4 绘图纸模式

在一般情况下，编辑区中所看到的内容，是位于相同帧编号中的所有图层的图形，为了方便绘制连续动画，可以切换到"绘图纸"（Onion Skin）模式（又称为"灯箱模式"），这样一来，可以透视当前场景画面之前或之后帧的内容。在制作"逐帧动画"时，是一个最好用的工具。

Step 01 打开范例文件"ch04-3e.fla"文件，将"播放头"放在第 4 个帧，单击"绘图纸外观" 按钮打开绘图纸模式。

Step 02 这时会看到除了第 4 个帧之外的左右各 2 个帧的内容。

开始绘图纸外观 结束绘图纸外观

左右帧的内容
—— 不能选择且会
变得比较透明

Step 03 想要看到更多帧的内容，只要将"时间轴"上方的"绘图纸外观"向两边拖动到所需的帧位置即可。

Step 04 如果单击的是"绘图纸外观轮廓"按钮，除了"播放头"所在帧的内容外，绘图纸范围内其他帧只会显示图形的轮廓。

这些帧内的图形只会显示外观轮廓

Step 05 若是单击"编辑多个帧" 按钮，则不会看到"补间动画"的帧内容，只会看到所选择范围中"关键帧"的内容。在这个模式下，所有看到的帧内容，都可以立刻修改。

只会看到此范围内关键帧的内容

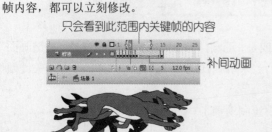

补间动画

Step 06 可以单击"修改绘图纸标记" 按钮，来调整绘图纸外观轮廓，有以下几种方式。

❀ 总是显示标记：无论是否启动"绘图纸外观"，会永远显示绘图纸外观轮廓。

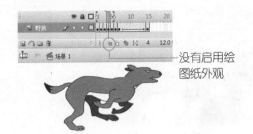

———— 没有启用绘图纸外观

❀ 锚定绘图纸：一般的情况下，"绘图纸外观"的范围是以所在的帧为基准，只要移动到其他帧，控制点就会跟着移动。使用这种方式，则会锁定控制点，不会随着帧位置的改变而改变。

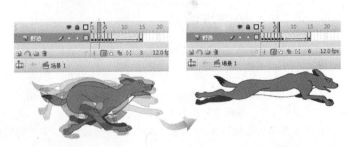

❀ 绘图纸 2、绘图纸 5、绘制全部：这 3 种方式是快速地将"绘图纸外观"范围，由当前的绘图纸标记位置向两边延展指定的帧数目。

4.4 制作基本动画

从前面的小节中，相信对帧的操作有了基本的认识，接下来开始进入动画绘制的阶段。

4.4.1 动画绘制的概念

在传统的动画制作上，因为需要在短时间内绘制成千上万张的图片，所以用分工的方式投入大量的人力是不二法则。因此，在每部动画片的结尾，列出来的工作人员阵容总是很浩大，其中有两种工作人员是整部动画的执行者，那就是"原画师"和"动画师"。

"原画师"的工作是将人物一连串动作中，比较关键的几个动作画出来；而"动画师"就依据这些关键画面，补上中间的画面，让图形对象真正地动起来。感觉上"原画师"要绘制的图比"动画师"来得少，但是他们的创作成分较高。

"原画师"画的就是关键帧的画面

"动画师"画的是连接两个关键帧的所有帧画面

在制作动画的过程中，可以选择要当"原画师"或是"动画师"。原画师，就只要安排"关键画面"的内容即可；若要当"动画师"，就必须在每一个帧中绘制动画。这也就是为什么在 Flash 中，"关键帧"如此重要的原因。

了解基本动画的原理之后，可以开始在 Flash 中绘制动画了。

4.4.2　逐帧动画

在 Flash 中制作动画的方法有很多种，在这一小节要介绍的是"逐帧动画"（frame by frame）的制作方法。前面提过的"汽车"范例，就是"逐帧动画"的典型例子，而"逐帧动画"也是大部分传统手绘卡通所采用的方式。

可以在每一个关键帧中，利用 Flash 的绘图工具来创建图像内容，或是在其他绘图软件中绘制一连串的图片，再导入到 Flash 中。不过要提醒您，这些要导入的图片文件名称必须具有连续性。

Step 01 打开新文件，单击要开始置入图片的帧。

Step 02 执行"文件"→"导入"→"导入到场景"命令（或按 [Ctrl] + [R] 快捷键），在"导入"对话框，找到范例文件夹"pic"并打开，单击第 1 张图片 wolf01.gif，单击 打开(O) 按钮。

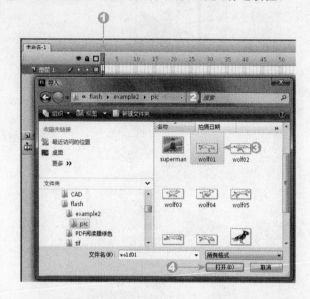

Step 03 出现对话框，提示文件夹中还有其他的图片，与所选的图片文件名有连续性，是否要一并导入，请按 是(Y) 按钮。

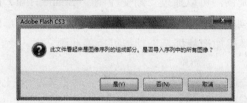

Step 04 已将所选的图片一一导入，且每个帧自动成为关键帧（完成文件为"ch04-4-2.fla"）。

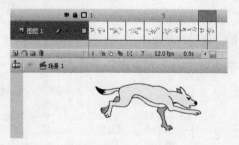

4.4.3　补间动画的形状补间

补间动画（Tween）是 Flash 标准的动画绘制方式，用户只需在"关键帧"中绘制好需要的图形，中间的画面 Flash 会自动补齐。"补间动画"有许多表现方式，首先在这个小节中要介绍的是"形状补间"。"形状补间"（Shape Tweening）功能是将两个关键帧中的图形用"渐变"的方式串连起来。

在制作"形状补间"时，一定要使用"分离"后的形状或绘图对象。

Step 01 在第 1 帧中，用"多边星形工具"  绘制一个五角星形。

Step 02 单击第 10 帧，按 F6 键新增一个关键帧。

Step 03 将第 10 帧中的星形删除，再用"多边星形工具" 绘制一个五边形，并改变填色。

Step 04 单击第 1 个帧，在"属性"面板的"补间"下拉列表中选择"形状"命令。这时，第 1～第 10 帧间会出现带有箭头的绿色区域。

Step 05 按下 Enter 键，即可看到五角星形变成五边形的动画（完成文件为"ch04-4a.fla"）。

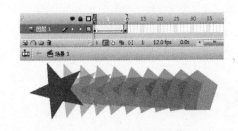

渐变控制——形状提示

执行"形状补间"时，如果补间的过程并不是很流畅，可以通过"渐变控制"（Shape Hint）的功能，使图形在执行动画的过程中变得比较平顺。例如下图中字母 A 变形为 O 的过程很流畅，但是由 A 变形为 N 会显得有点"支离破碎"，这时使用"添加形状提示"功能可改善动画。

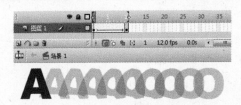

Step 01 打开一个新文件，在第 1 帧中，用"文本工具" T 输入"A"。在第 10 帧中，按 F6 键新增关键帧，再输入"N"。

Step 02 在第 1、第 10 帧分别单击"A"、"N"文本，按 Ctrl + B 键"分离"文本。

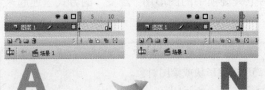

分离的文本——

Step 03 单击第1帧，在"属性"面板的"补间动画"下拉列表中选择"形状"命令。这时，第1~第10帧间会出现带有箭头的绿色区域。

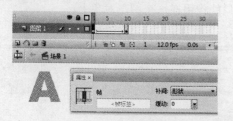

Step 04 按下 Enter 键，这时会发现由"A"到"N"的变形效果。

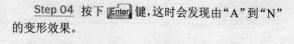
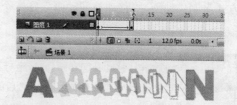

Step 05 单击第1个帧，按 Ctrl + Shift + H 键（或执行"修改"→"形状"→"添加形状提示"命令），增加一个"形状提示"。

形状提示

Step 06 "A"的画面中会出现一个"形状提示"符号（a），将符号移到图形的上方。

Step 07 单击第10帧，在"N"图形中也有一个相对应的"形状提示"符号（a），请将它拖动到下图所示的位置。

Step 08 按下 Enter 键，会发现在第1个帧中的"形状提示"符号（a）位置，在渐变到第10帧时，会移到第10帧中相对应的符号位置。

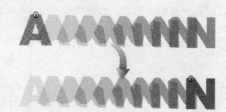

Step 09 可以延续步骤1、步骤2，再添加几个"形状提示"，将动画变得更平顺（完成文件为"ch04-4c.fla"）。

变形得更流畅了

"形状提示"只会在编辑时出现，输出动画时并不会显示出来。将"形状提示"拖动出场景外可将其删除。执行"修改"→"形状"→"删除所有提示"命令会删除所有的"形状提示"，而此时动画效果将恢复为未使用渐变控制前的结果。

提示

"形状提示"最多只能设置26（a~z）个，但已足够用了。通常只需设置4~5个控制点，就能"动"得很漂亮了。

4.4.4 补间动画的移动补间

如果动画中只是同一个图形对象的移动与变化，则可以采用"移动补间"（Motion Tweening）的方式来制作动画。"移动补间动画"在一个图层之中只能作用在一个图形对象上。

提示

在制作"移动补间动画"时，绝对不可以使用"分离"后的形状对象，可以是"绘图对象"（启动"对象绘制" ◎ 按钮）或"组合"后的图形对象。可能的话，最好先新增为"元件"后再设置"移动补间动画"。

Step 01 打开范例文件"ch04-4d.fla"，在 Bird 图层有一只小鸟的图形位于场景左侧，该图形是"图像"元件。

Step 02 在帧 20 按 F6 键创建关键帧。
Step 03 在帧 20 将 Brid 移到场景右侧。

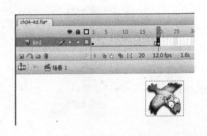

Step 04 单击帧 1，在"属性"面板的"补间"下拉列表选择"动画"命令，或直接在帧 1 右击，选择"建立补间动画"命令。

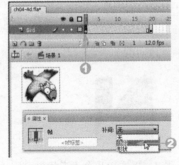

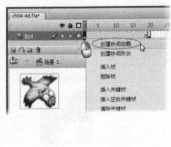

Step 05 按下 Enter 键，小鸟会由场景左侧移动到右侧（完成文件为"ch04-4dok.fla"）。

移动补间动画呈浅蓝色

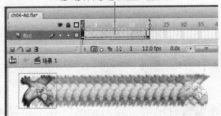

❋ 引导图层

在制作"移动补间动画"时，经常搭配"引导图层"，用来控制动画的行进路线。

Step 01 接着前面的范例，单击"添加运动引导层" 🎞 按钮。

Step 02 在 Bird 图层上方增加一个运动引导层，并自动命名为"引导层：Bird"。

Step 03 单击该图层的帧 1，使用"铅笔工具" ✏ 绘制一个任意颜色的曲线，作为小鸟移动的轨迹引导。

Step 04 在帧 1 中将小鸟拖动到引导线的起点位置，在"紧贴至对象" 🧲 按钮启动的状态下，小鸟会"吸附"到引导线上。

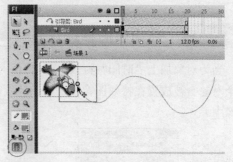

Step 05 单击第 20 个帧，将小鸟沿着曲线路径拖动到引导线的终点。

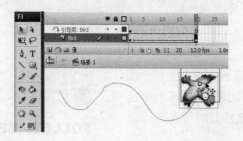

Step 06 按下 Enter 键，即可看到小鸟沿着引导线移动了（完成文件为"ch04-4eok.fla"）。

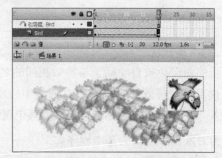

Step 07 单击 Bird 图层的帧 1，在"属性"面板中勾选"调整到路径"复选框，让小鸟在飞行时会沿着路径方向移动。

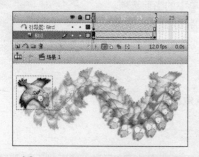

Step 08 可再设置依顺时针旋转两次，小鸟的轨迹如下图所示，会边移动边顺时针旋转两圈。

4.5　时间轴特效

"时间轴特效"可以用最少的步骤完成复杂的动画效果，减少创建动画的时间，而且不管是文本、图形（形状、组合）、位图或按钮元件，皆可应用。

> **提示**
>
> 有关"元件"及"库"的说明，请参考第5章。

4.5.1　认识时间轴特效

当为对象加上"时间轴特效"时，Flash 会自动建立一个新图层，并将该对象转移到新的图层上。这个对象会被放置在特效图像中，而该特效需要的所有补间动画及变形，都会被放在新建立图层的图像中。

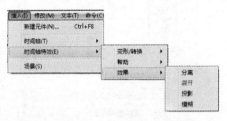

新的图层会被自动赋予与特效相同的名称，只是后面会再加上一个编号，代表这个特效在文件的所有特效中应用的顺序。而同时，"库"中也会加入一个具有特效名称的文件夹，其中包含用来建立特效的元素。

为对象加上特效的基本程序如下：

Step 01 选择要加上特效的对象。

Step 02 执行"插入"→"时间轴特效"命令，从子菜单中选择特效的种类，再从列表中选择一种特效。适用于选择对象类型的特效，会成为菜单中的当前选项。

Step 03 在出现的"特效"对话框中，将出现以默认值为准的特效预览，并视需要修改默认值。

Step 04 单击 更新预览 按钮，查看使用新设置的特效。

Step 05 当预览窗口中出现需要的特效时，单击 确定 按钮。

以下的各小节将用简单的实例，来告诉您如何使用这些效果。

4.5.2　时间轴特效之特效

◉ 投影：在所选择的元素下方建立阴影。

Step 01 打开新文文件，用"文字工具" T 在场景中创建文本内容。

Step 02 选择该文字，执行"插入"→"时间轴特效"→"效果"→"投影"命令。

Step 03 在"投影"对话框中设置相关选项。

设置阴影颜色

阴影透明度的百分比

阴影偏移量以像素为单位调整，值越高颜色越深

Step 04 设置选项后可单击 更新预览 按钮更新显示，满意了就单击 确定 按钮。

除了"投影"效果外，其他的特效在执行时会设置持续的时间（帧频）。这些特效的相关对话框和结果如下所示。

◉ 展开：随着时间展开、压缩（或两种都有）对象。用于组合在一个影片剪辑或图形元件中的两个（或以上的）对象时效果最好；包含文字或字母的对象使用效果也很好。

展开方向　设置偏移值　　　　　　　　　　　展开

◉ 模糊：随着时间改变对象的 Alpha 值、位置或缩放比例，以创建移动模糊的特效。

模糊

渐变效果持续时间　　　　　　　　　　　　　　　　分离

◉ 分离：制造对象爆炸的效果，将文字或是复杂的对象组合（元件、图形或影片剪辑）分离、旋转，并让对象呈弧线向外抛射。

可以按 Ctrl + L 键将"库"面板打开，便会发现 Flash 已自动创建了各种图形、影片剪辑的元件（完成文件为"ch04-5a. fla"）。

打开范例文件"ch04-5a.swf"，看看设置后的效果。

4.5.3　时间轴特效的变形与转换

"变形"特效可以快速设置对象的"补间形状动画","转换"特效则可以制作出图像转换变换的效果。

◎ 变形：调整所选元素的位置、缩放、旋转、Alpha 以及色泽，以建立"淡入 / 淡出"、"飞入 / 飞出"、"扩大 / 缩小"以及"左转 / 右转"等特效。

Step 01 打开新文件，将文件大小设为 500×200 像素，背景颜色设为深色。

Step 02 简单建立一个几何图形，选中该对象右击，选择"时间轴特效" → "变形 / 转换" → "变形"命令。

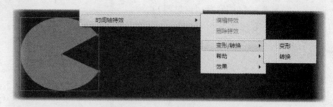

Step 03 设置如右图的变形参数，预览后按 确定 按钮。

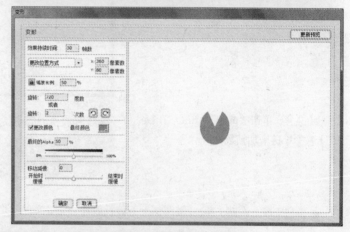

Step 04 按下 Ctrl + Enter 键测试一下变形效果（完成文件为"ch04-5b.fla"）。

一边旋转一边变形与变色

◎ 转换：以淡化、擦掉或组合两者的方式，擦入或擦出所选的对象。

Step 01 打开范例文件"ch04-5c. fla"，在两个图层中分别放置相同大小的两张图片。

Step 02 单击 "pic-2" 图层的图片（可先将 "pic-1" 图层锁住），执行 "时间轴特效" 的 "转换" 命令。

Step 03 设置转换的时间、方向及速度。"入" 会使图片由淡到深，"出" 则使图片由深到淡。预览后单击 确定 按钮。

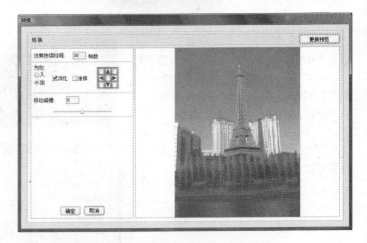

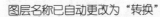

Step 04 单击 "pic-1" 图层，在帧 30 上按 F5 键增加帧数。

图层名称已自动更改为 "转换"

Step 05 按下 Ctrl + Enter 键测试一下转换效果（完成文件为 "ch04-5cok.fla"）。

淡入、淡出的转换效果

提示

如果想让这两张图片不断轮流淡出转换，可进行如右图所示的图层安排和转换设置（范例 "ch04-5d.fla" 为设置的结果）。

原先放置图片 "pic-2"

先放置图片 "pic-1" 并执行 "转换" 效果（出、淡化）

4.5.4　　时间轴特效的帮助

"帮助"功能可以快速将选择的对象进行矩阵式的复制，或是依照某个特定角度进行重制。

◎ **复制到网格**：按照设定的"行数"来复制所选的对象，然后再将"行数"乘以"列数"，以建立元素的网格。

　　Step 01　打开范例文件"ch04-5e.fla"，选择其中的图形元件，在元件上右击，选择"时间轴特效"→"帮助"→"复制到网格"命令。

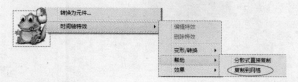

　　Step 02　在对话框中设置相关参数，预览后单击 确定 按钮（完成文件为"ch04-5eok.fla"）。

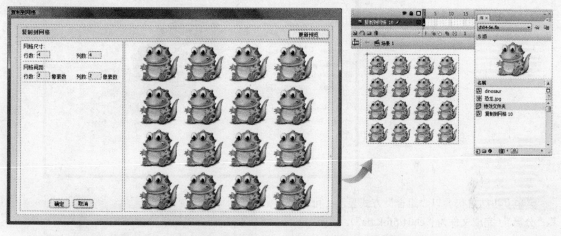

　　Step 03　复制后的结果会自动组合起来，可再用"分离"命令将其取消组合。

◎ **分散式直接复制**：按设置的次数来复制选择的对象。第一个元素是原始对象的复制，其他对象会按照递增顺序修改，最后的对象则遵照指定的参数显示。

　　Step 01　打开范例文件"ch04-5f.fla"，在元件上右击，选择"时间轴特效"→"帮助"→"分散式直接复制"命令。

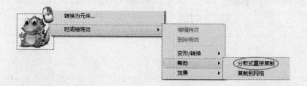

Flash CS3

97

Step 02　设置相关参数值，预览后单击 确定 按钮。

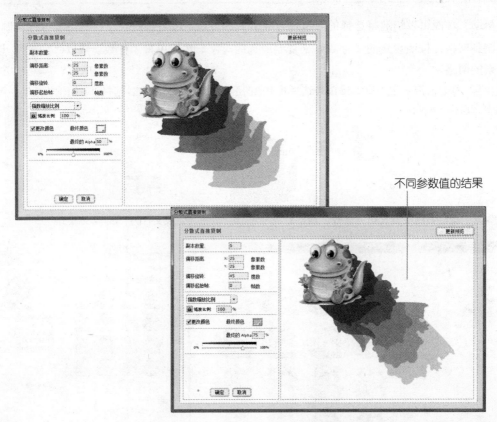

不同参数值的结果

Step 03　结果仍会以"组合"方式显示，可再将其"分离"（完成文件为"ch04-5fok.fla"）。

4.5.5　编辑时间轴特效

可以使用各种"特效设置"对话框来编辑"时间轴特效"。当应用了各种效果后，若想重新编辑，可以按照下面的步骤进行。

Step 01　选择场景上设置了特效的对象。

Step 02　在"属性"面板单击 编辑... 按钮，或是在对象上右击，选择"时间轴特效"→"编辑特效"命令。

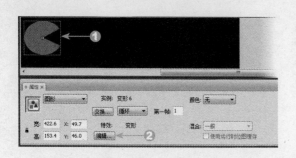

Step 03 再次打开各"特效设置"对话框，依照需要编辑设置值，然后单击 确定 按钮。若选择"删除特效"命令，那么特效将不存在，图层名称也会恢复成不带特效时的样子。

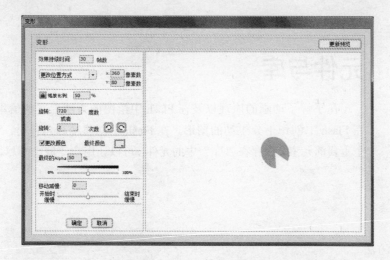

元件与库

在了解了动画的原理以及在 Flash 中绘图的方法后，相信用户已经可以在 Flash 中创作十分生动的图形。在 Flash 中创建动画角色时，"元件"是一个重要的元素，保存在"库"中的元件，可以让用户"取之不尽、用之不竭"。

学习重点

5.1　创建元件的方法
5.2　元件的类型
5.3　库的使用
5.4　影片的播放控制

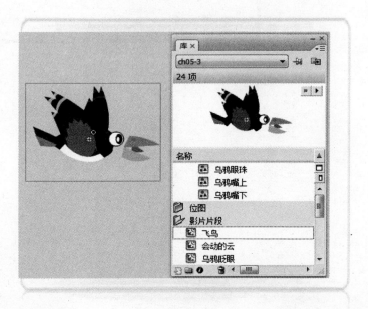

范例文件

ch05-1a.fla	ch05-1b.fla	ch05-2a.fla
ch05-2aok.fla	ch05-2b.fla	ch05-2bok.fla
ch05-2c.fla	ch05-3.fla	ch05-4.fla

5.1 创建元件的方法

Flash 中的"元件"就好像一部电影中的演员，导演会安排他们在不同的场景中出现。如果有 5 位演员共同演出，虽然在影片中不断重复出现相同的元件，事实上，整部影片中仍只使用了 5 位演员。"元件"可以重复使用，还可以改变其外观，最重要的是不会增加影片文件的大小，这就是"元件"的特性。下面介绍如何创建元件，以及使用元件的好处。

> 提示
> 元件（Symbol）也称作角色，库（Library）也可称作图库。

5.1.1 将现有图形转换成元件

如果用户已经在 Flash 的舞台中绘制好图形，可以通过以下的步骤转换为元件。

Step 01 选择整个图形，执行"修改"→"转换为元件"命令（也可以按 F8 键），或是将图形直接拖向"库"面板。

Step 02 打开"转换为元件"对话框，选择任一种"类型"，单击 确定 按钮，即可将其转换成元件。

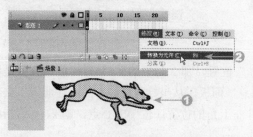

默认元件名称

Step 03 转换元件后，按 F11 键（或 Ctrl + L 组合键）打开"库"面板，就会看到刚刚转换的元件。

> 提示
> 同一个文件中，元件的名称不可重复，即使是不同的元件类型。在"转换为元件"对话框中单击 高级 按钮可打开对话框，进一步指定元件"链接"来源，或是共享某库元件等设置。

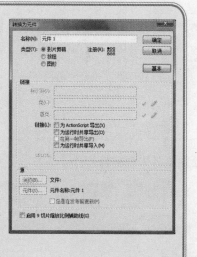

此时场景和库中都会显示此元件

Flash CS3

认识注册点

在转换成元件时，对话框中会有"注册"选项，代表绝对中心点的位置，用户可以通过在注册网格线中单击，定位元件的注册点"+"，图中的 9 个点就是对应到图形的 9 个位置。

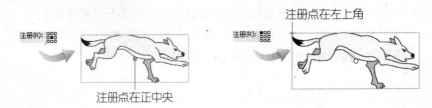

注册点在左上角

注册点在正中央

"将图形文件载入影片剪辑"是在 Flash 中常用的一种方法，当图形 A 被载入影片剪辑 B 时，图形 A 的左上角会放在影片剪辑 B 的注册点上。如果影片剪辑 B 的注册点在中心，则载入的图形 A 会有些偏移，此时可以调整影片剪辑 B 的注册点位置，使得载入的图形 A 可以位于适当的位置。只要进入元件的编辑窗口，就会看到"+"的注册点，可在选择内容后重新定位，做法参阅下一小节。

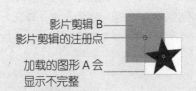

影片剪辑 B
影片剪辑的注册点
加载的图形 A 会
显示不完整

影片剪辑 B 的注
册点在左上角
加载的图形 A 会完整显示

在"属性"面板中会显示元件在舞台上的"坐标"位置，那么其中的 x、y 坐标值，究竟是以元件实例的哪个位置作为基准呢？用户可以打开"信息"面板，从坐标网格线中的"注册点"来判断，当"注册点"位于左上角时，x、y 值指的是元件左上角的位置；位于中心点，则 x、y 值指的是元件中心点的位置。

坐标网格线　以元件左上角为依据的坐标值

以元件的中心点为依据的坐标值

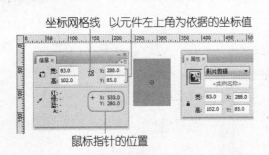

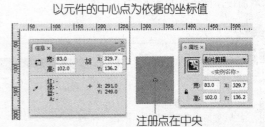

鼠标指针的位置

注册点在中央

5.1.2　重新绘制新元件

用户也可以在进入 Flash 后，利用绘图工具来创建新元件。

Step 01 选择"插入"→"新建元件"命令（或按 F8 + Ctrl 组合键），打开"创建新元件"对话框。

自定义名称

Step 02 选择任一种"类型",单击 确定 按钮。
Step 03 立即进入元件编辑窗口,开始绘制新元件。

——元件图标及名称

——注册点

提示

元件编辑窗口看起来和"场景"窗口几乎完全一样,唯一可供辨别的只有左上角的标签;且窗口中有个"＋"记号,代表"注册点"位置。通常绘制元件时,我们习惯利用"对齐"面板,将所绘制的内容水平、垂直都居中于舞台的中心点。标签上会显示影片剪辑图标及元件的名称。

Step 04 新元件绘制完毕之后,单击左上角的"场景 1"标签,即可回到场景中。

Step 05 此时"库"窗口中会增加一个元件,要使用时,只要将其拖动到舞台即可。

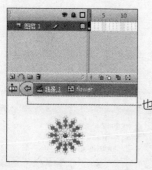

——也可单击此按钮

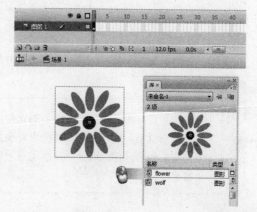

5.1.3 从其他影片文件中置入元件

如果用户在其他动画影片中已经有绘制好的元件,也可以将它们置入到新的动画影片中。

Step 01 选择"文件"→"导入"→"打开外部库"命令。

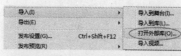

Step 02 打开"作为库打开"对话框,选择要导入的库文件,单击 打开(0) 按钮。

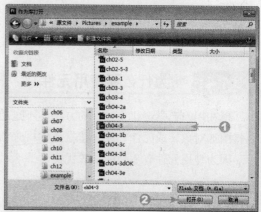

Step 03 打开该动画文件的"库"面板。

Step 04 将元件从打开的"库"面板中
拖动到舞台中。

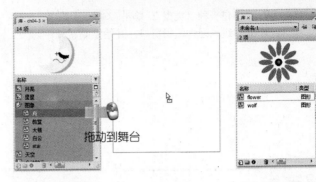

拖动到舞台

Step 05 可将该元件纳入当前影片文件
的"库"中。

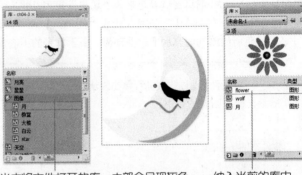

尚未将文件打开的库，内部会呈现灰色　　　纳入当前的库中

如果目标库中已存在该同名的元件，会出现"解决库
冲突"对话框。选择"不要替换现有项目"选项，则会保
留现有的同名元件；选择"替换现有项目"选项，则会予
以替换。

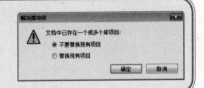

除了以加载外部库的方式取得其
他文件中的元件外，在 Flash 中可以在
打开多个影片文件后，通过"库"面
板的切换，交换彼此库中的元件，让
元件的流通更有效率。

5.1.4　为什么要使用元件　

现在用户已学会建立元件的方法，不过用户或许会有疑问：直接在场景中绘图就好了，为什么
要将图形对象转成元件？或先建立元件再来创建动画？

因为使用元件有下列的几项优点。

✿ 可重复使用

在影片中建立"元件"之后，可以轻易地用拖动的方式，迅速创建许多相同的图形，并且可供其他动画使用。

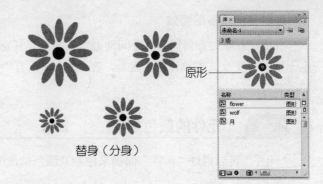

原形

替身（分身）

✿ 减少动画影片文件的大小

当用户将元件从"库"窗口拖动到场景中时，Flash 会用程序描述这个"实例"（Instance，亦可称为"替身"），它和原来的"元件"共享一份图形数据，因此虽然画面中有十几个图形，Flash 仍然只保存了一份图形的文件，所以文件大小不会大幅度增加！

✿ 修改容易

如果要修改图形，只需修改原元件即可同时更新所有的"替身"，在瞬间即完成大量图形的修改。

换颜色

全部更新

用户可以直接双击画面中的元件，进入元件编辑窗口，或是右击选择的元件，从弹出的快捷菜单中选择"在当前位置编辑"命令。

在当前位置编辑仍能看到整个场景中
的其他元件（以半透明方式呈现）

也可以在"库"的元件预览窗口中双击该元件来编辑，此方式与右击选择"编辑"命令的编辑方式相同，只会显示正在编辑中的元件。

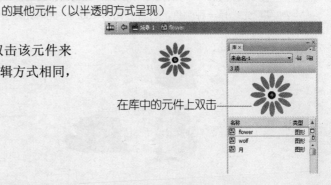

在库中的元件上双击

❈ 可以使用较多的特效

前面已经学过如何制作"补间动画",对象可以任意地旋转、缩放,但是却不能更改颜色、透明度,也无法制作交互式的设计,原因是,在 Flash 中只有"元件"可以设置上述的动作。请看下一小节的示范。

5.1.5　元件的颜色控制

"元件"可以通过"属性"面板来控制其颜色的改变。

❈ 亮度（Brightness）

Step 01 选择任意元件,打开"属性"面板的"颜色"下拉列表,从中选择"亮度"选项。

Step 02 将旁边的数值设成负值,元件的颜色就会变暗。

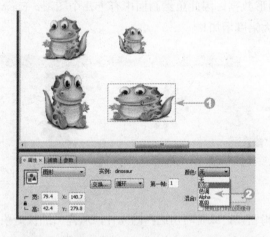

Step 03 将数值改成正值,元件的颜色就会变亮。

❈ 色调（Tint）

Step 01 选择任意一个元件,从"属性"面板的"颜色"下拉列表中选择"色调"选项。

Step 02 先选择一种颜色,若百分比为 100%,此时元件会变成单一颜色,类似剪影的效果。

Step 03 调整"滑块",或直接单击面板中的色盘,可以改变元件的颜色。

Step 04 如果用户想更精确地控制颜色,可以输入 R、G、B 值来改变颜色。

Alpha（透明）

Step 01 选择任意一个元件,从"属性"面板的"颜色"下拉列表中选择"Alpha"选项。

Step 02 利用滑块调低数值,元件就会呈现半透明的状态。

Step 03 如果将数值设成0%,元件就完全透明了。

提示

"Alpha"与"亮度"的效果很接近,但是当背景色不是白色时,就可以很明显地看出两者的差异。右图中最左边的"恐龙"是未调整前的状态,中间的"恐龙"是将"亮度"值设成50%,最右边的"恐龙"则是将"Alpha"值设成"50%",读者可以一一对照其效果。

高级设置（Advanced）

Step 01 选择任意一个元件,从"属性"面板的"颜色"下拉列表中选择"高级"选项。

Step 02 单击 设置... 按钮打开"高级效果"对话框。

Step 03 对话框左侧可以用来设置"红"、"绿"、"蓝"及"Alpha"的原始数值,右侧是用来设置元件这4项参数值的加权比重。如果将 B 值调成 255,则会加强元件的蓝色比重。

Step 04 将 R 及 G 的值调到 -255,元件就会变成蓝色剪影。因为已将元件的红色及绿色全部抽离了。

Step 05 将右侧选项的设置值都设成 0 值，将左侧"绿色"的设置值也改成 0%，图中的元件就没有了绿色。

Step 06 如果将"蓝色"的设置值也改成 0%，元件就只会有红色。

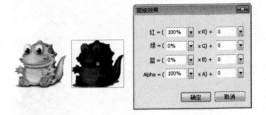

 正确地使用"高级"的调整功能，理论上可以调整出"色调"、"亮度"、"透明度"的效果，读者不妨多试几次，就可以驾轻就熟了。

5.2 元件的类型

现在用户对创建元件的方法已不陌生，接着来认识 Flash 中的 3 种元件：影片剪辑（Movie Clip）、按钮（Button）和图形（Graphic）。这 3 种类型的元件各自具有独特的功能，在新增元件或转换图形为元件时，可以选择要将元件设置成何种类型。

5.2.1 影片剪辑元件

影片剪辑元件是 Flash 中最具特色的一种元件类型，它不但具有一般图形的所有功能，还可以表现出动态的图形，在"动作"（Actions）及"行为"命令的帮助下，可以随时被调用、更改属性、删除等。如果要让动画简化，"影片剪辑"是不二之选，所以在新建元件时，它通常是预设的选项。

虽然从外观来看，"影片剪辑"并没有什么特别之处，但是在测试影片时，影片剪辑可以在一个帧的状态下显示动画。读者可以打开范例文件的"ch05-2aok.fla"文件，画面中有 3 颗球，看起来没什么不同，但是当用户按 [Ctrl] + [Enter] 组合键时，最右边的球会开始不停地弹跳，这个元件就是"影片剪辑"。

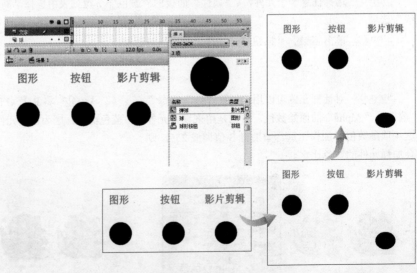

关闭窗口回到场景中检查一下，的确只有一个帧，这种元件是怎么制作的呢？

❄ 新建影片剪辑

Step 01 打开范例文件 "ch05-2a.fla"，按 F11 键打开 "库"，库中已存在一个 "球" 图形。

Step 02 按 Ctrl + F8 组合键新建一个 "弹球" 元件，选择 "影片剪辑" 选项，单击 确定 按钮。

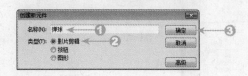

Step 03 进入 "元件编辑" 窗口，从 "库" 中拖动 "球" 图形元件到窗口中。

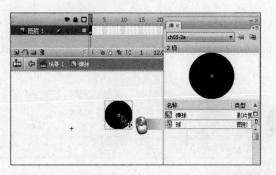

Step 04 按 Ctrl + K 组合键打开 "对齐" 面板。

Step 05 先单击 "相对于舞台" 按钮 □，再单击 "水平中齐"、"垂直中齐" 对齐按钮。

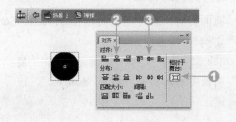

Step 06 分别选择第 20、第 40 帧，按 F6 键添加关键帧。

Step 07 选择第 1 帧，将球向上移动 200 个像素。

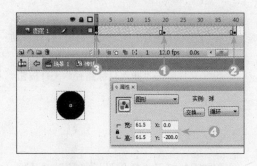

提示 可通过 "属性" 面板，直接修改 y 坐标值为 "-200"。

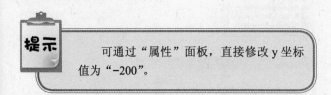

Step 08 选择第 1 帧，并在其上右击，从弹出的快捷菜单中选择 "复制帧" 命令，在 40 帧处执行 "粘贴帧" 命令。

Step 09 分别在第 1 帧及第 20 帧应用"创建补间动画"
命令。

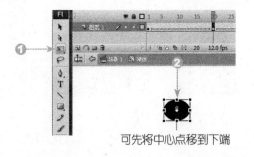

Step 10 选择第 20 帧，用"任意变形工具"将球调"扁"一些，让球体落地更有真实感。

Step 11 单击"场景 1"标签，返回场景中。

Step 12 由"库"中将新建的"弹球"元件拖动到舞台中。

可先将中心点移到下端

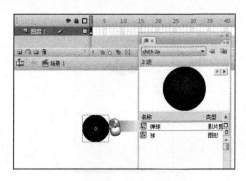

Step 13 按 Ctrl + Enter 组合键，用户会看到球体不停落下又弹起的动画。检查一下，是不是只用了一个帧就表现出动画的效果了。

※ 影片剪辑的特性

前面提到，影片剪辑可以搭配 ActionScript 制作出更精彩的动画效果，而通常会先对影片剪辑的"实例"（替身）命名。

Step 01 选择一个影片剪辑元件，在"属性"面板中输入实例名称为"ball_mc"，按 Enter 键。

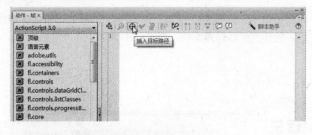

Step 02 选择第 1 帧，按 F9 键，打开"动作"面板。

Step 03 单击"插入目标路径" ⊕ 按钮。

Step 04 打开"插入目标路径"对话框，会看到在步骤 1 中命名的影片剪辑。

这个示范说明，"影片剪辑"如果有"实例名称"，即可用程序来调用它，至于要如何调用，在以后的章节中会说明。3 种元件类型中，除了"影片剪辑"外，还有"按钮"也可以被程序调用，但是一定要记得为"替身"命名。

提示

有关"实例名称"命名的准则，请参阅第 6 章。

5.2.2 按钮元件

在开始制作"按钮"（Button）之前，先打开范例文件"ch05-2bok.fla"，场景中有一个"花"按钮。执行"控制"→"启动简单按钮"命令，接着将鼠标指针移到按钮上，再单击按钮，用户会看到按钮有下列不同的变化。

弹起状态

指针经过时
鼠标指针会变成小手

按下时

如果进入元件编辑窗口中，用户会看到有 4 种不同的帧，分别是"弹起"（UP）、"指针经过"（Over）、"按下"（Down）与"点击"（Hit）。这 4 种帧分别表示按钮的外观与动作。

◎ 一般：按钮在正常状态下的外观。

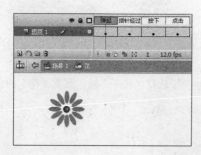

◎ 指针经过：当鼠标指针移到按钮上方时，按钮的外观。

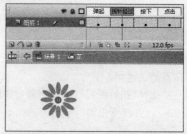

◎ 按下：当鼠标指针单击按钮时，按钮的外观。

◎ 点击：设置按钮的"点击"，也就是设置一个区域，当鼠标指针移到这个区域时，执行按钮"指针经过"（Over）的动作。当用户在这个区域单击时，才会执行按钮"按下"（Down）的动作。通常只要用一个单纯的色块，或是直接使用图形本身即可。

要在 Flash 中体现交互式，"按钮"元件是不可或缺的，Flash 中提供了专用编辑窗口来制作"按钮"元件，接下来就来看看"按钮"元件的制作方式。

制作按钮

Step 01 打开范例文件 "ch05-2b.fla"，"库" 中已包含一个 "flower" 图形元件。

Step 02 按 Ctrl + F8 组合键新建一个元件，打开 "创建新元件" 对话框，选择 "按钮" 选项，输入名称后单击 确定 按钮。

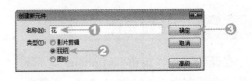

Step 03 进入 "花" 按钮的编辑窗口，其和场景窗口类似，不过在 "时间轴" 中只有 4 个帧。

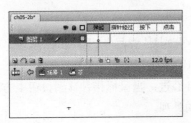

Step 04 从 "库" 中拖动 "flower" 图形元件到舞台中，并对齐中心位置。

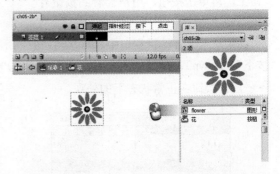

Step 05 分别在 "指针经过"、"按下"、"点击" 帧按 F5 键新增关键帧。

Step 06 选择 "指针经过" 帧，单击舞台中的 "花"，将其旋转 30°，并改变色调。

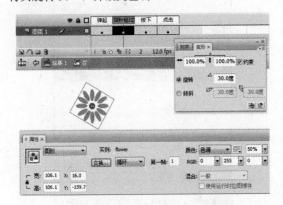

Step 07 选择 "按下" 帧，改变 "花" 的色调。

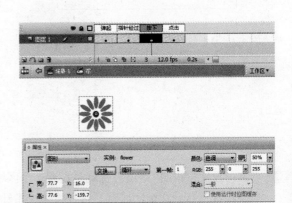

Step 08 单击 "场景 1" 标签，回到场景中，将刚刚制作好的 "花" 按钮，从 "库" 中拖动到画面中。

Step 09 按 Ctrl + Enter 组合键，测试一下这个简单按钮的功能。

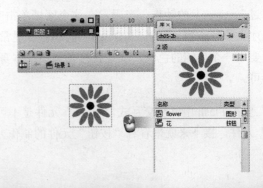

按钮元件的特性

在 Flash 中，通常利用"按钮"元件来使用"鼠标事件"（ActionScript 1.0&2.0），下面举例说明。

Step 01 选择按钮元件，按 F9 键打开"动作"面板。

Step 02 打开"影片剪辑控制"，双击"on"命令，窗口右侧会打开列表，列出可选鼠标事件（Event）。

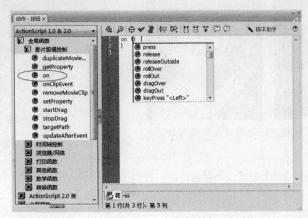

 提示

在 Flash 的 3 种元件类型中，"影片剪辑"及"按钮"可以搭配 ActionScript 程序来加以控制。例如制作交互式影片时，经常会使用按钮元件，来触发相关鼠标事件。在后面的章节中，会有更多实际的范例及用法介绍。

5.2.3　图形元件

通常"图形"（Graphic）既无法被"动作"命令调用，也不能触发鼠标事件，看起来是最没有用处的元件，但它却是一切图形的根本，而且具有较小的文件量，用它们来绘制图形的基本元件是最适合不过了。

以下是一个应用"图形"的例子，练习完毕后，读者应该会对图形元件另眼相看。

Step 01 打开范例文件"ch05-2c.fla"，并将"库"打开，即可看到事先绘制好的小男孩身体的部分元件。

Step 02 按照图层显示的顺序，依序将它们从"库"中拖动到画面中，组合成如下图所示的画面。

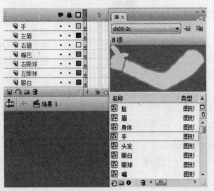

Step 03 选择绘图工具中的"自由变形工具"，将眉毛稍加旋转、眼球稍加位移、嘴巴稍加变形，小男孩的表情就变了。

Step 04 灵活应用即可使用同样的元件，也可"拼"成各式各样的图形。即把拼好的图形"组合"起来，再将它转换成一个完整的图形元件，文件仍然不会增加太多。

动动手、动动脑，调整一下位置就可完成各种不同的表情和动作。

Step 05 如果将每个元件放置在不同的图层，再利用"旋转"、"缩放"命令以及设置对应的关键帧，即可轻松的完成动画了。完成文件请参见"ch05-2cok.fla"。

 提示　为什么要将每个元件放置在不同的图层中呢？在前面的章节中曾经提到，"补间动画"在一个图层中只能作用在一个元件上，因此最好将各元件放在不同的图层中。虽然在调整时很复杂，但为了动画的流畅，这是最好的方法。别忘了，用户可以先在场景中将各元件拼凑好之后，用 Ctrl + D + Shift （分散到图层）组合键将其分散到各图层中。

5.3　库的使用

库（Library）是存放"元件"的地方。执行"窗口"→"库"命令，按 F11 键或 Ctrl + L 组合键，都可打开使用中文件的库。每一个 Flash 文件都有自己的库，除了存放元件外，还可对元件进行管理。

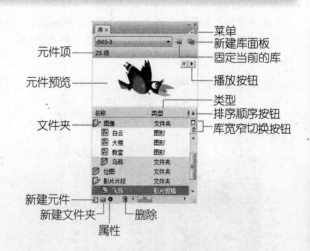

元件的编辑与管理

通常元件很多时，会用"文件夹"将其分类放置，以便于查找与管理。单击"新建文件夹"按钮可创建文件夹,命名后以拖动方式将元件放入文件夹中。双击文件夹图标即可展开（或收合）文件夹。

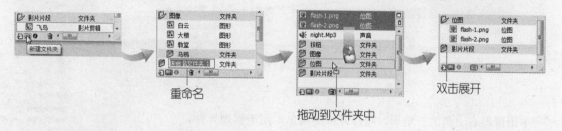

重命名　　　　　　拖动到文件夹中　　　双击展开

不再使用的元件，可单击"删除"按钮将其删除。不过，在删除元件时，要特别注意该元件是否曾用来创建其他元件。如果是,那么删除元件会影响到以该元件制作的其他元件,如下图所示。

"飞鸟"由许多"乌鸦"的
图形元件所组成

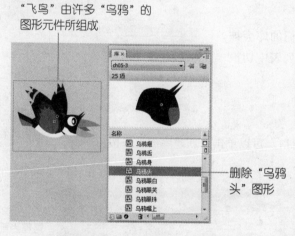

删除"乌鸦
头"图形

"飞鸟"会变成这样！

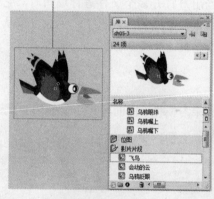

在"库"的"元件预览"画面上双击，可进入元件编辑窗口中编辑元件，也可以采用"在当前位置编辑"或"在新窗口中编辑"的方式，或是通过"编辑元件"按钮来执行。

选择"编辑元件"按钮，可打开与"库"中相同的文件夹和元件列表，选择要编辑的元件，即可进入元件编辑窗口。

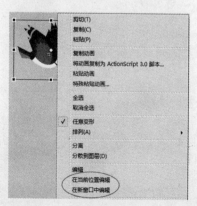

"编辑元件"按钮

提示　用"文件"→"导入"→"打开外部库"命令所打开的库，无法进入元件编辑窗口编辑元件，必须先将元件加入当前文件的"库"后再来修改。这样就不会影响源动画文件"库"中的元件。

单击窗口右上角的三角形，可打开快捷菜单，用于管理元件。

❋ "库"面板的新建与固定

当用户打开多个文件进行编辑时，它们的库会被集合在同一个"库"面板中，用户可以从列表中切换选择要使用哪个文件的库。

如果习惯将不同的库分开放在不同的窗口，可以单击"新建库面板"按钮 。

当前的文件　显示的是其他文件的库

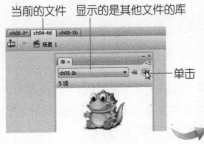

—单击

可将当前文件的库分离出来

通常当切换到不同的文件时，库也会自动切换。单击"固定当前库" 按钮，可以让用户在切换到另一个文件时，固定当前的库，方便用户进行动画制作。

固定的库，切换到不同文件时不会跟着改变

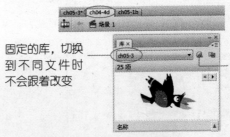

再单击一次可解除固定

元件行为的更改

元件在新建时需要选择"类型"（也就是"行为"），不过元件的"行为"也可以更改，只要在任一元件上右击，选择"类型"命令，就可从打开的列表中更改。

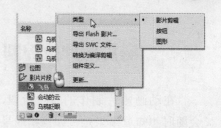

公用库

除了自行创建元件外，Flash 也提供了几个默认的"库"供用户使用。执行"窗口"→"公用库"命令，从打开的列表中选择要打开的库种类。

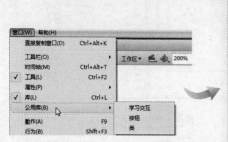   

提示　"类"中提供连接到数据库或其他 Web Services 所使用的元件。"学习交互"库中则提供现成的在线交互元件，用来制作交互教学网页。

导入到舞台

Flash 虽然是个矢量绘图软件，也能处理多种格式的图形文件及媒体文件。执行"文件"→"导入"→"导入到舞台"命令加载的文件（图片、音效），除了出现在画面中，也会自动存入"库"中。

导入音效

导入位图

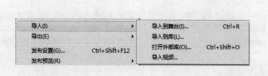

执行"文件"→"导入"→"导入到库"命令，可以将加载的文件直接放入"库"中，等需要用时再从"库"中拖动到画面。

5.4 影片的播放控制

在动画影片制作的每个阶段，会随时想知道结果是否如预期般呈现，因此测试影片是必不可少的操作。可以由"控制"菜单或是"控制器"工具栏来执行。打开范例文件"ch05-4.fla"，以便做播放控制的练习。

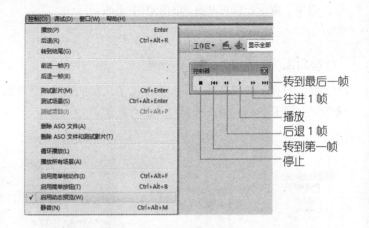

要显示"控制器"工具栏，可执行"窗口"→"工具栏"命令。

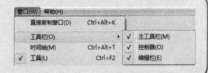

播放命令

当动画中没有按钮或影片剪辑，以及复杂的动作设置时，除了单击"播放" ▶ 按钮之外，最快的方法就是直接在 Flash 编辑窗口中单击 Enter 键来测试动画情况。

Step 01 将时间轴指针移到要开始播放的帧上。

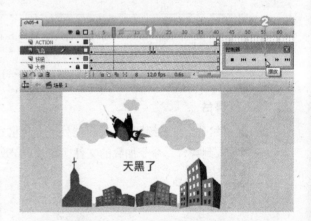

Step 02 按 Enter 键或单击"控制器"上的"播放" ▶ 按钮，开始播放。

Step 03 播放完毕指针会停在最后的帧上，再按 Enter 键，即自动从第 1 帧开始播放。

播放中可利用"控制器"工具栏上的按钮来控制影片暂停、倒转、快速向前等。要让 Flash 不断在场景中试播用户的动画，可先执行"控制"→"循环播放"命令，再单击"播放"按钮即可循环播放。

❉ 测试影片

要测试完整的动画播放内容，则要执行"测试影片"命令（或按 Ctrl + Enter 组合键）。此时会打开播放窗口，默认情况下所有场景、动画、影片剪辑都会从头播放，且不停的重复。按钮元件也可以按顺利执行，如果包含交互式游戏，当然也可小试一下身手。

测试完毕可单击此按钮回到场景编辑画面

所有工具栏、工具箱和面板会隐藏起来

❉ 测试场景命令

当用户的动画文件有很多场景时，如果只想测试某个场景的动画内容，不想观看整个影片动画，可以执行"测试场景"命令（或按 Ctrl + Alt + Enter 组合键）。

Step 01 选择要测试的场景。

Step 02 按 Ctrl + Alt + Enter 组合键。

如果不取消"控制"→"播放所有场景"命令前的复选标记，则影片仍会完整播放。

只播放该场景的内容

❉ 启动简单按钮命令

在动画设计中，"按钮"是经常使用的元件，若要在场景中马上知道按钮设置的结果，必须先执行此命令，否则只有在影片播放窗口才能测试结果。

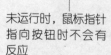

未运行时，鼠标指针指向按钮时不会有反应

启动后，鼠标指针指到按钮时会呈手形

❉ 启动简单帧动作命令

当帧上设置了"动作"时，若要在场景窗口中测试效果，就要启用此命令。

帧 40 设置了 Action，要让影片回到帧 1 重复播放（飞行）

未启动时，影片播到最后一帧就停止

启动后，可测试 Action 的设置是否正确，飞鸟会
左右不停地飞，直到用户单击"停止"按钮

❊ 静音命令

在场景窗口中测试按钮或动画时，如果设置了音效，就会播放出来。如果不想影响到别人，可进行"消音"操作，也就是执行"静音"命令。不过执行"测试影片"时音效还是会出现的，除非用户关掉喇叭。

❊ 启动实时预览命令

这个功能与"元件"（UI Components）的使用有关，默认是启动的。当用户使用元件时，可以在场景中查看其与输出成影片时相同的外观。但是此命令并无测试元件功能的作用，用户仍必须执行"测试影片"来检测其性能。

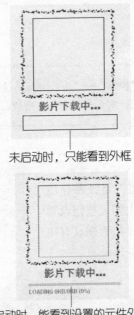

未启动时，只能看到外框

启动时，能看到设置的元件外观

使用ActionScript

只学会基本动画的制作，所能创建的动画效果很有限。一段精彩的影片，除了基本动画技巧外，还必须结合美术设计与创意设计。ActionScript 是 Flash 专用的程序语言，利用它可以让许多"不可能的动画"效果变成可能。

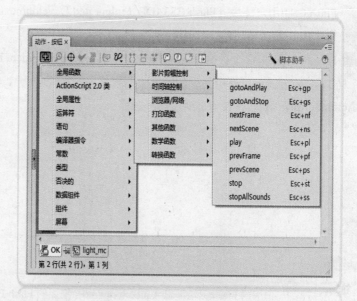

● 范例文件

ch06-5a.swf　　　ch06-5.fla

6.1 ActionScript 的基础知识

在每个 Flash 影片中,"创作者"就像电影的导演一样,要安排各种角色和设计各种动作。若想制作功能复杂或交互式的影片动画,那绝对少不了 ActionScript。Flash 中的程序语言就称为 ActionScript,它可用来控制影片的动作。

6.1.1 ActionScript的演化

Flash CS3 所使用的程序语言为新版的 ActionScript 3.0,相较于从 ActionScript 1.0 到 ActionScript 2.0 的变化,从 ActionScript 2.0 到 ActionScript 3.0 的变化是比较显著的。早期的 ActionScript 1.0 程序,主要应用于帧的播放控制与鼠标的交互。到了 Flash MX 2004 进展到 ActionScript 2.0,最大的改变就是变量的类型检测和 class 类别语法的使用,新的 class 类别语法用来定义"类别",类似 Java 语言中的定义。而 ActionScript 3.0 使用全新的 Flash Player,在播放速度与选择效率上比 ActionScript 2.0 快很多(约 10 倍),但 ActionScript 3.0 的程序代码会是 ActionScript 2.0 的两倍长。

在以前的版本中,通常将 ActionScript 写在时间轴的关键帧(on( )、onClipEvent( ))、按钮或影片剪辑的元件上(press 或 enterFrame 相关的事件),或是加载外部的 as 格式文件。

要建立 ActionScript 3.0 可以有以下 3 种方式。

◉ Flash CS3 用户环境〔Flash CS3 IDE(Integrated Development Environment)〕

◉ Flex Builder 2

◉ Free Flex/AS3 命令行编译器和 Flex 2 Software Development Kit(Flex 2 SDK)

第一种方式可以在时间轴的帧上编写 ActionScript,其他两种方式则需要使用 "*.as"的"类"文件,而 "*.as"文件要与 "*.fla"文件位于相同的目录中。

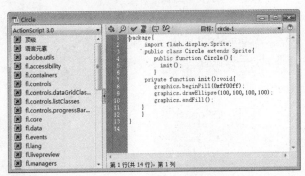

旧版的 Flash 无法编辑 ActionScript 3.0,旧版的 Flash Player 无法浏览用 ActionScript 3.0 编写的内容(*.swf 格式)。

读者会问,一定要使用 ActionScript 3.0 吗? ActionScript 2.0 会被替换吗? 可以这么说,ActionScript 3.0 是非常适合程序开发人员用来建立适合快速制作"多样化互联网应用程序(RIA,Rich Internet Application)"的一种程序语言。而对美工设计人员来说,ActionScript 2.0 可能更容易上手,因此仍然值得学习。

用户可以在创建新文件时决定要使用哪一个版本（ActionScript 2.0 或 ActionScript 3.0）。要注意的是，这两种版本的语言有很大的不同，也无法同时存在于一个文件中。本书中的范例都是以 ActionScript 2.0 的语法来编写的，因此，当要求用户创建新文件时，请选择 ActionScript 2.0。建议读者先熟悉 ActionScript 2.0 之后，若有兴趣再开始学习 ActionScript 3.0。

6.1.2　使用ActionScript的对象

ActionScript 是一种"面向对象（Object-oriented）"的语言。对象中很重要的两个成员为"属性"和"方法"。"属性"用来描述对象的性质、特征或状态；而对象的操作，则必须通过"方法"来选择，只要再添加一些"参数"，就可以得到某种结果，即该对象可以做哪些事情。因此学习 ActionScript 最重要的是了解如何使用对象，不同的对象有哪些"属性"和"方法"可用，怎样搭配才能使动画播放得更流畅。

可以将 ActionScript 2.0 加在帧（关键帧）或对象（按钮、影片剪辑等）上。当动画播放到该帧，会自动选择帧中的 ActionScript，这种方式最常用来控制帧的停止和播放以及处理时间轴的进行。当加在对象（例如按钮）上时，则与"交互性"有关，通过用户启动按钮的"事件"来控制影片。因此在写程序时，"位置"是很重要的，写错了位置可能就动不起来了。

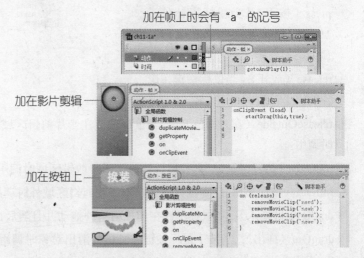

加在帧上时会有"a"的记号

加在影片剪辑

加在按钮上

提示

"图形元件"无法设置 ActionScript。

6.1.3　ActionScript的触发事件

"事件"是面向对象语言中很重要的一个观念，当某件事情发生时即为一个"触发事件"，在某个触发事件下要选择的命令动作称为"处理例程"。通常事件可以分成"自动发生"与"等待发生"这两种触发事件。

加在帧上的 ActionScript，就属于"自动发生"的触发事件，当时间轴播放到该帧时即会触发帧中的 ActionScript 而选择相关的动作，这类的命令通常可在"时间轴控制"分类中看到（参阅6.3节）。

而加在按钮或影片剪辑上的 ActionScript，必须等待某个触发事件，例如：按下鼠标、放开鼠标、加载影片等，是属于"等待发生"的触发事件。与按钮触发有关的事件，可以在"动作"面板中单击 on 命令时，展开下拉列表让用户选择按钮事件。

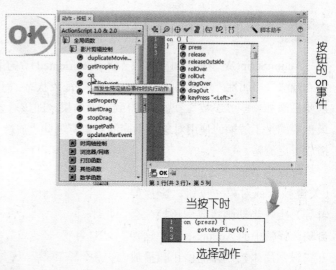

- ⬤ press（按下）：当鼠标指针处于影片剪辑之上而用户单击鼠标时调用。

- ⬤ release（放开）：当鼠标按键在影片剪辑上释放时调用。

- ⬤ releaseOutside（在外面放开）：当鼠标按键在影片剪辑区域内按下，然后在影片剪辑区域外释放时调用。

- ⬤ rollOver（指针经过）：当鼠标指针移过影片剪辑区域时调用。

- ⬤ rollOut（指针移出）：当鼠标指针移到影片剪辑区域外时调用。

- ⬤ dragOver（拖入）：当鼠标指针在影片剪辑外拖动并且随后拖过该影片剪辑时调用。

- ⬤ dragOut（拖出）：当按下鼠标按键并且指针滑出对象时调用。

- ⬤ keyPress（按下按键）：当键盘的某个按键被按下时调用。

　　与 影 片 剪 辑 有 关 的 动 作，则 用 onClipEvent 的事件来触发。

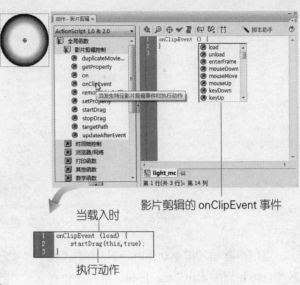

影片剪辑的 onClipEvent 事件

- load（载入）：当影片剪辑的实例出现在时间轴帧时调用。
- unload（删除载入）：当影片剪辑的实例从时间轴中删除时调用。
- enterFrame：当元件在时间轴上播放时，根据影片的"播放速率"调用。
- mouseMove：当鼠标移动时调用。
- mouseDown：当按下鼠标左键时调用。
- mouseUp：当按下鼠标左键并放开时调用。
- keyDown：当按下键盘上的按键时调用。
- keyUp：当按下键盘上的按键并放开时调用。
- Data：选择 loadVariables 或 loadMovie，当数据传送完成时调用。

当载入时

```
1  onClipEvent (load) {
2      startDrag(this,true);
3  }
```

执行动作

6.2 认识"动作"面板

可以在"动作"面板中编写 ActionScript。在 Flash MX 版时所提供的两种面板模式："一般"（Normal）与"专家"（Expert）在 Flash 8 版中又再度出现，只不过它们现在由 按钮来负责切换，不像在 Flash MX 2004 版本中，只能用专家模式来编写。

6.2.1 打开"动作"面板

要将"动作"面板打开的方法很简单，首先选择帧或按钮，然后执行"窗口"→"动作"命令（或是直接按 F9 键）来启动"动作"面板。

用户也可以单击"属性"面板中的"编辑此对象的 ActionScript"按钮 将"动作"面板打开。

当用户要加入指令动作时,可以单击"将新项目添加到脚本中" ⊕ 按钮,展开动作列表来选择,或是从左侧的"动作工具箱"中找到所需的命令,双击加入。当然,如果用户熟悉 Script 命令,也可自行输入。Flash 将所有命令按功能进行分类,用户可以很快地找到所要的命令。

提示

通过脚本助手,用户不需要深入了解 ActionScript,就能以更简便的方式创建程序代码。从"工具箱"选择命令后,再利用文字字段、选项按钮及复选框等提示用户使用正确的变量和其他程序代码来编写语言结构。

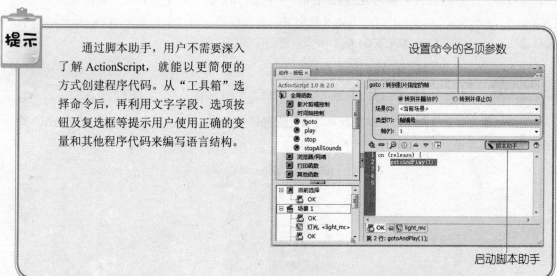

"结构查看器"可以显示当前选择的元件或所在的图层和帧,用户可以直接单击已加入 ActionScript 的元件再加以编辑。

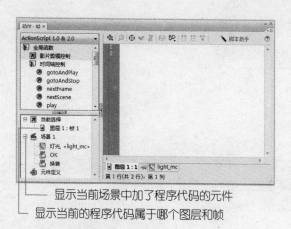

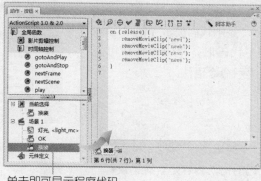

显示当前场景中加了程序代码的元件

显示当前的程序代码属于哪个图层和帧

单击即可显示程序代码

面板上的其他按钮说明如下：

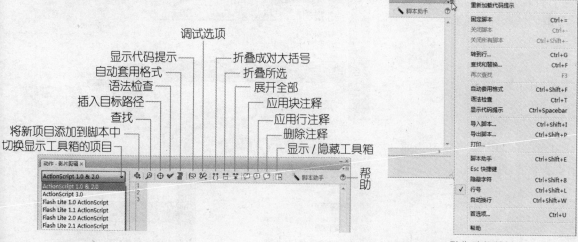

调试选项

显示代码提示 ── ── 折叠成对大括号
自动套用格式 ── ── 折叠所选
语法检查 ── ── 展开全部
插入目标路径 ── ── 应用块注释
查找 ── ── 应用行注释
将新项目添加到脚本中 ── ── 删除注释
切换显示工具箱的项目 ── ── 显示/隐藏工具箱

帮助

动作功能菜单

"查找" ：可以查找和替换程序代码中的文字。

"插入目标路径" ⊕：辅助用户在设置动作时，指定绝对或相对目标路径。

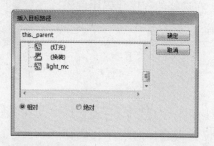

"语法检查" ✔：检查程序代码中的语法有无错误。

"自动套用格式" ▤：将程序代码的格式作最佳化，方便阅读及维护。

"显示代码提示" ▦：输入程序代码时，单击此按钮可自动提示命令语法。

"调试选项" ▨：检查程序代码的语法内容是否有错误。

"折叠成对大括号" ▨：将当前光标所在位置的大括号或圆括号中的程序代码折叠起来。

"折叠所选" ▤：将选择的程序代码区域折叠起来。

"展开全部" ▨：展开当前所有折叠的程序代码。

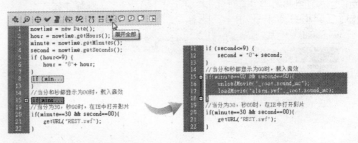

"应用块注释" ▨：在选择的程序代码的首部添加注释"/*"，在选择的程序代码尾部添加注释"*/"。

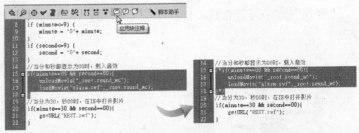

"应用行注释" ▨：在光标所在位置或选择的程序代码范围的每一行开始，加上单行的注释标记"//"。

"删除注释" 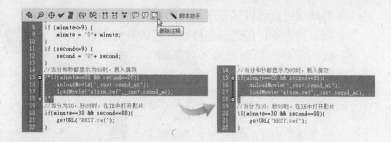：将选择范围内的注释标记删除。

"显示/隐藏工具箱" ：显示或隐藏动作工具箱。

在学习 ActionScript 的编写时，并不需要去强记每个对象的属性或方法，熟悉常用的一些功能就行了。遇到不熟悉的命令，可以通过查找左侧"工具箱"中的命令，再单击"参考"按钮 打开"参考"面板进行查阅，用户甚至还可以直接拷贝其中的程序代码到编辑面板中。

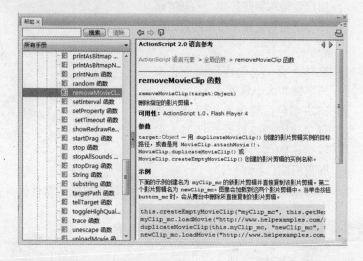

6.2.2 "动作"面板的首选参数

如果觉得"动作"面板中程序代码的字太小，或是关键命令的颜色不明显，用户可根据需要加以设置。

默认格式

Step 01 单击面板右侧的"动作菜单"按钮 ，选择"首选项"命令。

Step 02 打开"首选参数"对话框，并显示 ActionScript 编辑器类别。

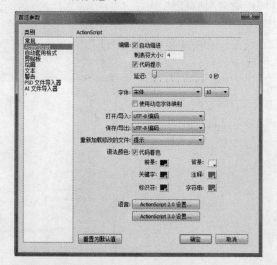

- 自动缩进：可以让程序代码的编写更具结构化。
- 制表符大小：缩进的空格数，默认值为"4"。
- 代码提示：当用户输入对象的 "实例名称"后加上"点"时，会自动出现一个代码提示下拉列表，让用户选择对象的方法；若输入动作命令后加上一个"左括号"，也会出现代码提示，提示用户要输入哪些参数。下方的"延迟"则是设置提示出现的延迟时间。

- 字体：有关"动作"面板正文的字体和大小设置。
- 语法颜色：设置当程序代码中包含关键词或特殊语法时，会以指定的颜色辨识，这样可帮助我们编辑程序代码。

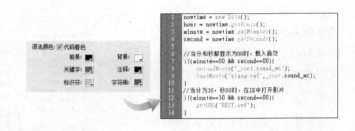

- 重置为默认值：单击此按钮可还原为 Flash 原始的默认值。

6.2.3 "动作"面板的选项列表

"动作选项菜单"中的命令，有些与面板上的工具按钮相同，其余常用的命令说明如下。

- 自动套用格式：与"自动套用格式"按钮 的功能相同，可对程序代码的编辑方式进行自定义格式化。在"首选参数"的"自动套用格式"类别中，可以指定要格式化的选项，再单击 重置为默认值 按钮即可。下次当用户选择面板上的"自动套用格式"按钮 时，就会对程序代码应用所设置的格式。

前3项在指定"{"出现的位置

预览窗格中会立即显示格式化结果

- 导入脚本：ActionScript 的编写除了在"动作"面板中进行外，也可以先将程序代码用文字编辑软件（例如：记事本）编写后，保存为"*.as"文件或"*.txt"文件，再应用此命令导入。

◎ 导出脚本：将建立好的 ActionScript 程序代码导出成"*.as"文件或"*.txt"文件。如果用户的程序很庞大或很复杂时，可利用此方式单独保存程序代码，以后有相似程序要编写时，可再导入，节省重复编写的时间。

◎ Esc 快捷键：可查看命令的 Esc 快捷键。

◎ 隐藏字符：在编写程序时，通常会在程序代码中输入空格、制表符和断行，不小心输入全角空格时会导致程序选择错误，选择此命令可让用户查看后，删除这些不该有的空格。

◎ 行号：默认选择该选项，可显示命令所在的行数。当用户编辑或修改程序代码时，"行号"有助于滚动及解析程序代码。

制表符

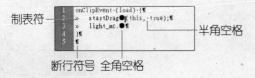

断行符号 全角空格 半角空格

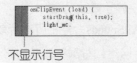

不显示行号

◎ 自动换行：超出"动作"面板窗口大小的程序代码自动换行。一般会建议用户显示"行号"及"自动换行"，可使编辑程序代码的工作轻松得多。"自动换行"可以避免水平滚动过长的程序代码。

未启用时，程序代码因窗口不够大而无法完全显示

启用后会根据窗口宽度自动换行

6.3 常用的 ActionScript 种类

　　打开"动作"面板，可以看到不同的命令类别，经常使用的命令大多集中在"全局函数"中。接下来简单介绍几个常用的类别。

Flash CS3

❋ 全局函数

◉ 影片剪辑控制：与控制"影片剪辑"元件有关的命令。

❋ duplicateMovieClip：复制某个影片剪辑。

❋ getProperty：返回影片剪辑所指定属性的值。

❋ on：鼠标事件的处理例程，通常只有按钮和影片剪辑才有事件。

❋ onClipEvent：触发一个已定义影片剪辑的实例的动作。

❋ removeMovieClip：删除被复制的某个影片剪辑。

❋ setProperty：设置属性。

❋ startDrag：开始拖动某个影片剪辑。

❋ stopDrag：停止拖动某个影片剪辑。

❋ targetPath：返回影片剪辑的目标路径，将目标路径转换为"点符号"显示。

❋ updateAfterEvent：在触发鼠标或键盘的事件后更新舞台（场景）。

◉ 时间轴控制：与整个影片播放控制有关的命令。

❋ gotoAndPlay：可跳到指定的场景及帧播放；gotoAndStop 则是跳到指定的场景及帧并停止。

❋ nextFrame：到下一个帧并停止；prevtFrame 则是移到上一个帧并停止播放。

❋ nextScene：到下一个场景的第 1 帧并停止；prevScene 则是移到上一个场景的第 1 帧并停止。

❋ play：从当前的帧开始播放动画。

❋ stop：停止播放动画。

❋ stopAllSounds：停止所有音效播放。

◉ 浏览器／网络：与浏览器及网络相关的命令。

❋ fscommand：给浏览器或其他程序发送命令。

❋ getURL：连接到某个网址或 HTML 文件。

❋ loadMovie：加载动画文件到主要时间轴中。

❋ loadMovieNum：加载动画文件到指定的层中。

❋ loadVariable：将变量加载到目标影片剪辑的层中。

❋ loadVariableNum：将变量加载到指定的层中。

❋ unloadMovie：删除以 loadMovie 载入的动画文件。

❋ unloadMovieNum：取消以 loadMovieNum 所载入的动画文件。

❋ 语句

 提示

"语句"命令的使用和程序流程控制有关，语法与一般程序语言相似。

◉ 条件 / 循环：与条件判断和循环有关的命令。

◉ 用户定义的函数：与用户所定义函数有关的命令。

   ❄ function：声明由用户定义的函数。

   ❄ return：返回某函数的值。

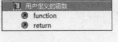

◉ 变量：与变量有关的命令。

   ❄ delete：删除变量。

   ❄ set variable：设置变量。

   ❄ var：设置（声明）区域变量。

   ❄ with：控制某个影片角色的动作。

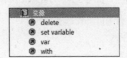

> 变量名称最好以英文命名，名称中不可使用除了下划线 "_" 以外的特殊符号，也不可以有空格；变量无大小写之分，且最好使用有意义的名称，但不要使用 ActionScript 中的关键词（例如：play、goto……）。

◉ 其他命令。

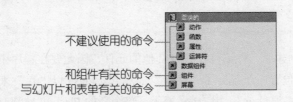

不建议使用的命令 ——

和组件有关的命令 ——
与幻灯片和表单有关的命令 ——

> 以上这些都是在动画影片中比较常用的命令，有些在后面的章节中还会经常出现，到时会有比较完整的操作介绍。ActionScript 中的命令繁多且功能强大，对入门者而言，可以先学会基本的命令并加以灵活应用后，再进一步学习更高级的命令和用法。

6.4 ActionScript 的编写须知

    对 ActionScript 有了基本的认知后，在准备开始编写之前，有一些观念或习惯是用户必须要事先知道或遵守的，了解这些规则，对用户日后编写或维护程序会有很大的帮助。

6.4.1　实例名称的命名与路径观念

当在某个元件上编写 ActionScript 时，通常是使用该元件的"实例名称（Instance Name）"，因此在使用这些元件时，习惯上会先将这些实例（也称为"替身"）命名，以便在 ActionScript 中控制它们。除了"图形"元件无法为替身命名外，"按钮"或"影片剪辑"都可以为替身命名。

实例名称　元件名称

可以单击"动作"面板中"插入目标路径" 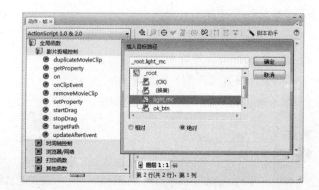 按钮，打开窗口来选择替身。

习惯上在替各种元件替身或对象命名时，会在名字后面加上"后置字符串"，以便在 ActionScript 中清楚辨识其对象的类型。例如影片剪辑的后置字符串为"_mc"、按钮则为"_btn"、字符串为"_txt"等。

由于在 Flash 中所创建的元件还可以包含其他的元件，因此要在程序中使用这些元件时，必须清楚地交代元件所在的位置，于是有了"路径"的观念。Flash 以"点"来分隔路径的层级，主要场景所在的时间轴代表"根目录"，用 _root 表示。每个新的 Flash 文件都有一个时间轴主动画，并可随着帧或场景的增加而延伸。例如上图"目标路径"的表示法：_root.light_mc，这种从根目录开始描述的方法就称为"绝对路径"，所以在窗口下方会有两种模式。为了避免混淆了元件的实际位置，在使用时最好选择"绝对路径"的表示法，以防出错。

相对路径

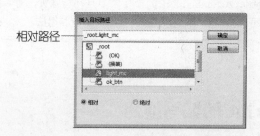

Flash的层与深度

　　除了路径与实例名称外，"层（Level）"和"深度（Depth）"也是在编写 Script 时很重要的知识点。由于在 Flash 动画中可以动态加载外部的影片动画（*.swf），因此，如何安排所加载的动画与原舞台中动画之间的关系，都会影响最后呈现的结果。

　　前面曾经提到，每个 Flash 文件都有一个时间轴主动画，并可随着帧和场景的增加而延展，我们称为 _root（根目录），它位于 level0（第 0 层）。当加载外部的影片文件到主动画中时，便可以指定该影片文件要放到哪个层中。

> **提示**
>
> 　　动画的每个"层"都有独立的时间轴（都称为 _root，且拥有自己的路径系统），而且只能有一个时间轴主动画，因此，若将加载的动画放置在已经有时间轴主动画的层中，便会将原有的动画内容替换掉。这也是为什么在 ActionScript 中，要指定加载的影片文件所在层数的原因。
>
>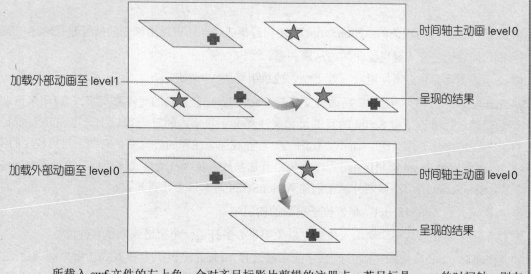
>
> 　　所载入 swf 文件的左上角，会对齐目标影片剪辑的注册点。若目标是 _root 的时间轴，则左上角会对齐舞台的左上角。

　　另一个与"层"观念类似的是"深度（Depth）"，当在舞台中调用元件的实例时，可以指定实例所在位置的 z 轴位置，也就是"深度"。通常不同的实例不可以放在同一个深度。例如在 ActionScript 中经常使用到的 duplicateMovieClip（复制影片剪辑）命令，在复制影片的实例时，就需要指定复制后所要放置的"深度"。如果将不同的实例放到相同的"深度"，那么后面加载的实例会把前面的替换掉（实例介绍参考第 9 章）。

6.4.3　ActionScript的语法规则

　　在开始编写 ActionScript 前，先将 ActionScript 的语法规则弄清楚。

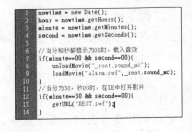

◉ Flash 使用"点语法"，也就是以点号"."来连接 ActionScript 的各部分。

◉ 程序代码中的所有命令、语法和符号，都必须是半角的。

◉ 每个语句的最后，必须用"；"符号表示结束。

◉ 只要是"函数"的语法，都会有小括号"（）"；其中可以有"参数"设置，一个以上的参数则以"，"分隔。

◉ 大括号"{ }"将相关的 ActionScript 陈述句群集成组，还可以用嵌套的括号建立陈述句的层。

◉ 语句间以缩进方式展现彼此间的从属关系。

◉ 文字或文件名称必须使用双引号" "" "或单引号" ' '"来表示。

◉ ActionScript 中双斜线"//"后面的文字是 Flash Player 会忽略的"注释文字"，可用来记录 Script 的功能，以方便了解 Script 的目的。如果注释文字很多，超过一行以上，可在开头加上"/*"，然后在结尾行加上"*/"，而不要使用"//"。养成加上注释的好习惯，有助于日后程序的维护。

　　当命令加入 Script 编辑区后，程序会依"首选参数"及"自动格式化选项"的设置自动格式化。

除了 ActionScript 的语法规则外，在创建 ActionScript 时有以下几点建议。

◉ 写在帧上的 ActionScript，最好位于单独的图层中。

◉ 尽量用"动作工具箱"来加入命令，以免不小心多打了一个空格或不该有的符号。

◉ ActionScript 必须依赖正确的语法才能正确选择，Flash 提供了多种方式让用户测试语法。用户可以单击"动作"面板的"检查语法" ✅ 按钮，如果语法正确的话，会出现信息，说明 Script 未包含错误；如果语法不正确，"输出"面板会打开并显示 Script 所包含的错误。

单击此按钮可前往错误的程序代码行数

◉ 利用 trace 命令来追踪程序选择的状况，并将结果传送到"输出"面板。

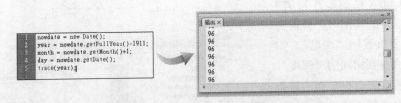

6.5 动手做做看

通过前面几节的介绍，不知用户对 ActionScript 是否有了基本的概念，让我们实际动手做做，相信它其实并不难。

Step 01 打开范例文件 "ch06-5a.swf"，画面中央有两个像是霓虹灯闪烁的影片剪辑，正在欢迎用户来到四季服装展示会。

Step 02 单击 "STOP" 按钮，画面中的 "WELCOME" 影片会停止闪动，单击 "START" 按钮重新开始。

影片剪辑

单击 "STOP" 按钮会停住不动

Step 03 将鼠标指针移到 "春"、"夏"、"秋"、"冬" 4 个按钮时，立刻切换到不同的画面。

Step 04 单击 "Home" 按钮回到刚开始时的画面，单击 "MAIL" 按钮则会将预先定义的邮件系统打开，收件人的地址已定义好。

以上这个简单的范例，只是要让读者学习如何创建 ActionScript 程序，在后面的章节中还会使用更多的命令，以及精彩的实例操作。

✿ 查看范例文件

Step 01 打开范例文件"ch06-5.fla"，文件包含了 5 个图层，"库"中也已存在本范例中需要使用的元件。

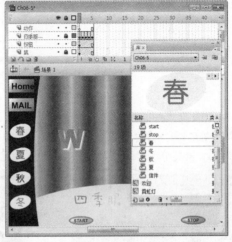

Step 02 "四季服装秀"图层的第 2~ 第 5 帧，分别已放入代表四季的服装的图片。

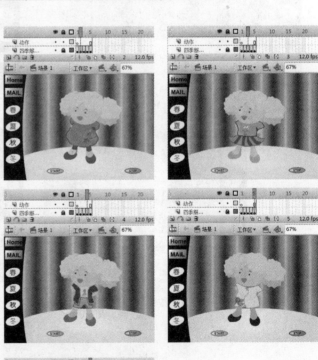

Step 03 所有的按钮都位于"按钮"图层。

Step 04 按 Ctrl + Enter 组合键测试一下，用户会发现画面不停地播放第 1~ 第 5 帧的内容。关闭窗口回到场景中，开始介绍有关 ActionScript 的设置。

❄ 让影片停在第 1 帧

Step 01　单击"动作"图层的第 1 帧，按 F9 键打开"动作"面板。

Step 02　打开"全局函数"→"时间轴控制"，双击"stop"命令。

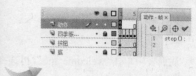

Step 03　再测试一下影片，这时可以看到影片会停在第 1 帧，显示"WELCOME"和四季服装展示会标题的内容。

此时单击按钮都还没有效果

❄ 停止影片剪辑播放的设置

第 1 帧中的"WELCOME"是个影片剪辑，因此在播放时会不停地闪动，效果就像霓虹灯。如果想控制其闪动，可以通过下方的两个按钮来设置。

Step 01　单击第 1 帧中的"欢迎"元件，打开"属性"面板，将"实例名称"命名为 welcome_mc。

Step 02　单击舞台中的"stop"按钮，将"动作"面板打开。

Step 03　打开"全局函数"→"影片剪辑控制"，双击"on"命令。

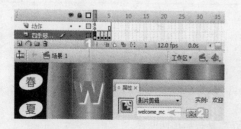
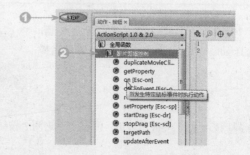

Step 04 从打开的命令提示中双击"release"。

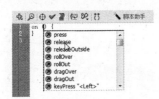

Step 05 将插入点移到"{"右侧,单击"插入目标路径"按钮 ⊕ 。

Step 06 从列表中单击"welcome_mc",再选择"绝对"选项,单击 [确定] 按钮。

Step 07 输入".",从打开的列表中找到 gotoAndStop 命令并双击。

Step 08 输入"7",再输入右小括号及分号")";"。

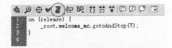

Step 09 单击"自动套用格式" 按钮,自动格式化程序代码。

为什么要将 gotoAndStop 设在帧 7 呢?可以进入"欢迎"影片剪辑的编辑窗口中,并将播放指标移到帧 7,这时可以完整显示所有字母。这样当单击"stop"按钮时,浏览者仍然可以看到完整的字符串内容。

Step 10 单击"start"按钮,重复上述步骤,这次要选择 gotoAndPlay 命令,且从第 1 帧开始播放。

Step 11 按 [Enter] + [Ctrl] 组合键,测试一下这两个按钮的功能是否如预期设置。

变换四季内容的按钮设置

Step 01 单击"春"按钮，在"影片剪辑控制"列表中双击 on 命令。

Step 02 从打开的列表中选择 rollOver 事件。

Step 03 再加上 gotoAndStop 命令，设为停在第 2 帧。

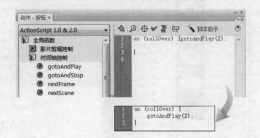

 提示
　　"春"、"夏"、"秋"、"冬"的各项图片依序放置在第 2 帧～第 5 帧。

Step 04 选择所有程序代码，右击选择"复制"命令。

Step 05 单击"夏"按钮，将程序代码粘贴到"动作"面板的"Script 编辑区"，并将 gotoAndStop 的帧数改为"3"。

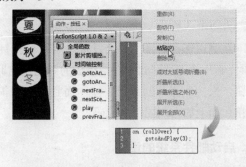

Step 06 重复上述步骤，将"秋"、"冬"的按钮进行同样的设置（分别停在第"4"和第"5"帧）。

Step 07 赶快测试一下，看看当鼠标指针移到四季按钮上时，画面中是否出现该季节的服装。

提示 上述的操作也可以通过启动"脚本助手"完成。

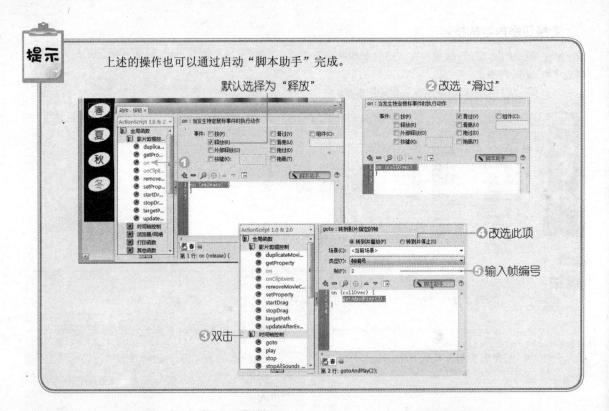

❄ 回到第 1 帧的设置

在测试影片时，用户会发现一旦鼠标指针移动到"四季"按钮时，影片就无法回到一开始播放的画面。这时可以利用"Home"按钮，来控制影片回到第 1 帧，而且方法很简单。单击"Home"按钮，加上如右侧图中的代码。

❄ 启动邮件系统的设置

在画面中还有一个"MAIL"按钮，我们希望单击后可以启动用户定义的邮件系统，发信给一个指定对象（自己）。

Step 01 单击"MAIL"按钮，设置 on（release）事件。

Step 02 打开"浏览器 / 网络"列表，双击 getURL 命令。

Step 03 先输入"" ""双引号，再在其中输入"mailto:"，紧接着在其后输入收件人的邮件地址。

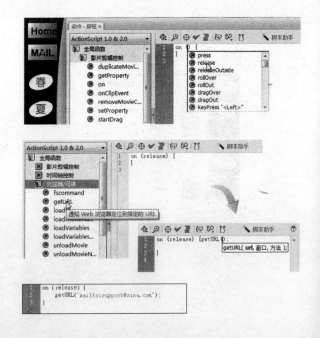

提示

　　getURL 命令通常用于链接到网址,例如要链接到"新浪"的网站,则可输入"getURL("http://www.sina.com/");"。

　　到此为止所有按钮的功能都已完成设置,赶快按 `Enter`+`Ctrl` 组合键测试所有功能是否正确吧。(完成文件为"ch06-5a.fla")。

充电时间

帧标签

　　制作动画时,为了在编写 ActionScript 命令时增加程序的可读性,以及避免日后修改的困扰,习惯在帧上加上"标签"(label),以方便命令的调用。"标签"通常加在关键帧上,ActionScript 的设置与帧的位置息息相关,例如在 6-5 节中所介绍的范例,可以将其修改如下:

Step 01 分别单击"四季服装秀"图层的第 1 帧~第 5 帧,在"属性"面板的"帧"文本框中输入标签名称。

帧中会出现红旗标帜

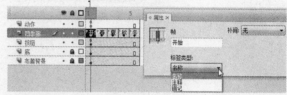

Step 02 将"Home"及"春"、"夏"、"秋"、"冬"5 个按钮的 ActionScript 修改如下。

提示

　　输入帧标签名称时要加上""""。

Step 03 用户可以测试一下影片,功能应该与未修改前完全一样(完成文件为"ch06-5b.fla")。

　　用户会发现,帧"标签"的使用可以让程序阅读起来更容易理解。另外,使用帧"标签"还有一个好处,当帧数有增减时,"标签"会跟着移动,因此用户不需因此而重新修改相关的命令设置。

提示

　　如果在帧"标签"前方加上双斜线"//",然后再加上说明文字,则会成为"帧注释",目的是让动画的设置更容易被解读。

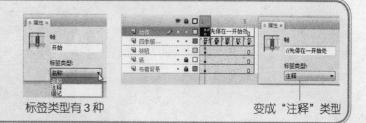

标签类型有3种　　　　变成"注释"类型

文字特效

介绍完动画的基本原理和 ActionScript 的语法后，可以开始正式进入作品的创作阶段。而"文字特效"通常是"新手上路"的第一步，本章将由浅入深地介绍常见的文字特效。

学习重点

范例文件

ch07-1.fla   ch07- 缓入 / 缓出 .fla

ch07-4.fla   ch07- 弹球 .fla

7.1　文字的滤镜效果

从前只有图像处理软件才能制作出来的"滤镜"效果，现在 Flash 也可以轻松完成了。有了"滤镜"功能，制作的动画效果就更专业美观。

元件的滤镜效果

各种文字滤镜效果

7.1.1　设置滤镜效果

"滤镜"效果可以应用在影片剪辑、按钮元件及文字对象上，还可以在同一元件上重复设置不同的滤镜效果。

Step 01　打开范例文件"ch07-1.fla"，选择要应用滤镜效果的文字、影片剪辑或按钮元件。

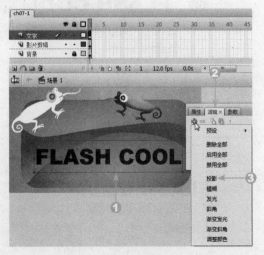

Step 02 将"属性"面板切换到"滤镜"标签。

Step 03 单击"添加滤镜"按钮，从展开的列表框中选择一种效果，例如：投影。

Step 04 设置面板中的各个项目，调整出所要的效果。

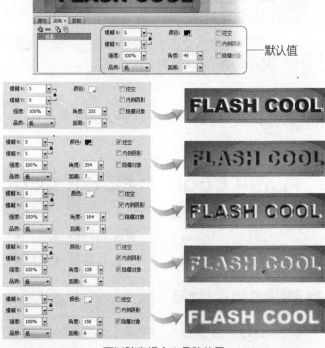

默认值

可以随意组合出各种效果

Step 05 重复步骤 3 和步骤 4 可再继续添加其他效果（完成文件为"ch07-1b.fla"）。

同时设置"投影"及"渐变斜角"滤镜

以下是各种滤镜可调整的参数：

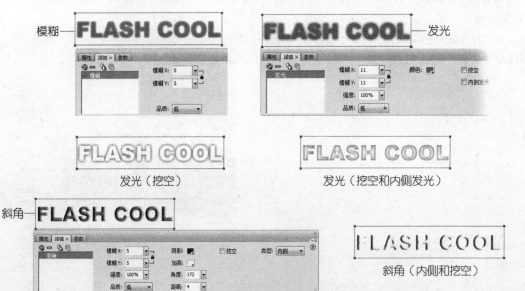

模糊

发光

发光（挖空）

发光（挖空和内侧发光）

斜角

斜角（内侧和挖空）

渐变发光 ——

斜角（外侧）

调整颜色 ——

斜角（全部）

7.1.2　删除与禁用滤镜效果

当文字对象、影片剪辑或按钮元件设置了滤镜效果后，可再视状况删除或禁用某个滤镜效果。

Step 01 打开范例文件 "ch07-1a.fla"，选择已设置了滤镜效果的文字或元件。

Step 02 切换到 "滤镜" 面板，单击要删除的特效。

Step 03 单击 "删除滤镜" 按钮 ![icon] 将其删除。

Step 04 要删除所有滤镜效果，可选择 "删除全部" 命令。

Step 05 只是暂时禁用所有效果，可单击 "禁用全部"；经禁用后可再选择 "启用全部" 恢复效果。

禁用的记号

提示

如果只是某个效果要禁用，可在该效果上单击一次。再单击一次即可启用。

7.1.3　保存滤镜效果

如果对所设置的滤镜效果很满意，可以将其保存起来。

Step 01 选择已设置滤镜效果的元件，单击"添加滤镜"按钮 ➕，从中选择"预设"→"另存为"命令。

Step 02 将其命名保存。

Step 03 若要为其他的文字或元件应用相同的效果，可再次打开"预设"菜单，从中选择用户自定义的滤镜。

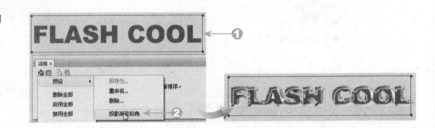

7.2 霓虹灯文字

对初学者来说，最简单的文字动画特效练习就是"霓虹灯效果"，因为这个动画只是帧中图像的变化而已。从前一小节中知道，使用"滤镜"可以很轻松地做出绚丽的特效，即使是简单的文字，也可以呈现出华丽的风格。

范例欣赏

在黑暗中不断闪烁着霓虹灯颜色的文字，更增添引人遐想的空间！

7.2.1 设置滤镜效果

Step 01 单击"新建"按钮 ▯，新建文件，单击"属性"面板上的 `550 x 400 像素` 按钮，将"文档属性"进行如右图所示的设置。

Step 02 按 Ctrl + F8 组合键新建影片剪辑，并将其命名为 "TEXT"。

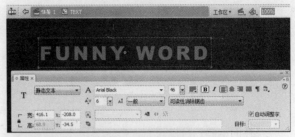

Step 03 进入元件编辑窗口，用"文本工具" T 创建"静态文本"，对属性进行如右图所示的设置。

Step 04 按 Ctrl + K 组合键打开"对齐"面板，将文字对齐在舞台中心。

Step 05 切换到"滤镜"标签，设置"发光"的滤镜效果，参数设置如右图所示。

Step 06 再添加"渐变斜角"的滤镜效果。

Step 07 选择第 30 帧，按 F6 键创建关键帧。

Step 08 选择第 30 帧，重新设置发光滤镜的"颜色"。

Step 09 选择第 1 帧，设置"移动补间动画"。

Step 10 按 Enter 键，可以看到文字由黄色渐变成蓝色的效果（完成文件为 "ch07-2.fla"）。

7.2.2 自定义缓入/缓出

"补间动画"可以设置"自定义缓入 / 缓出"，让动画的表现更传神。活用这个功能，会发现有些复杂的动画，竟然可以只用两个关键帧就表现出来了。

Step 01 接着上一小节的操作，单击帧 1，再单击"属性"面板的 编辑... 按钮，打开"自定义缓入 / 缓出"对话框。

Step 02 先取消选择"为所有属性使用一种设置"复选框，再从"属性"下拉列表框选择"滤镜"选项。

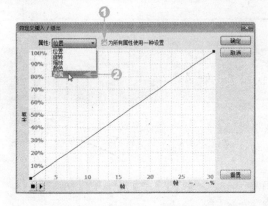

Step 03 在曲线上单击添加控制点。

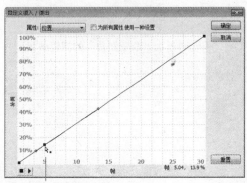

单击添加控制点

Step 04 拖动控制点调整曲线的走势。

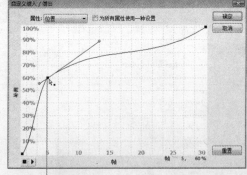

调整曲线的走势

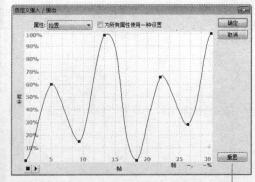

单击此按钮可重新设置曲线

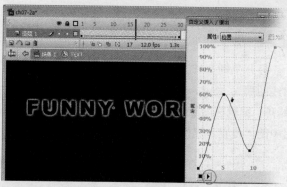

提示

　　y 轴代表动画由开始到结束的百分比，x 轴则为帧数。因此上图表示文字会在"黄色"（开始）和"蓝色"（结束）之间来回变换滤镜的效果。

Step 05 单击"播放"按钮 ▶ ，可以看到变化的情况。

Step 06 设置好后单击 确定 按钮回到编辑窗口，再回到场景 1。

Step 07 将元件从"库"中拖动到"场景 1"。

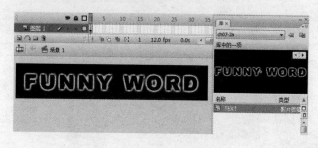

Step 08 按 Ctrl + Enter 组合键测试动画（完成文件为"ch07-2a.fla"）。

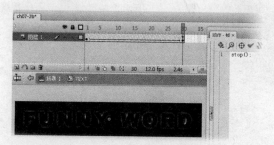

Step 09 如果希望滤镜效果只播放一次就停止，可以再次进入 TEXT 元件的编辑窗口，在第 30 帧加上 stop 命令。这样文字会在闪烁 4 次后停止（完成文件为"ch07-2b.fla"）。

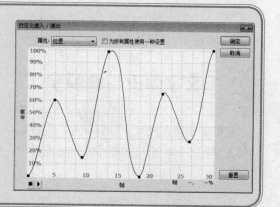

提示

　　为什么会闪烁 4 次呢？因为缓入 / 缓出曲线上有 4 个波峰。

打开范例文件"ch07-缓入缓出.fla"，会看到有两个图层各包含两个球体，它们共享一个"导引线图层"。按 Enter 键后这两个球体会沿着导引线由上往下滑落，就像从滑梯上滑下一样。会发现"绿球-编辑速度"图层中的"绿球"比较接近真实的状况——会先加速，这是因为编辑了缓入/缓出中的"位置"属性。

 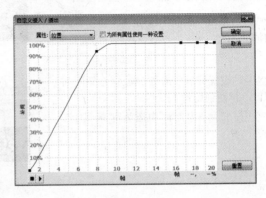

再打开范例文件"ch07-弹球.fla"，测试一下影片，会看到球往下掉时会弹 5 次，这也是编辑"缓入/缓出"的结果。

只用两个关键帧

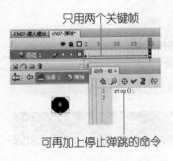

可再加上停止弹跳的命令

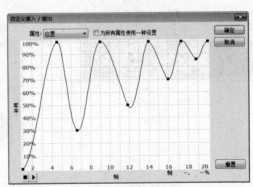

球由上往下掉下时会弹 5 次

7.3 文字逼近与涟漪字

我们经常会在网页中看到一些广告横幅，其中的文字有逼近、涟漪或是渐变效果，这些大多是利用文字在不同帧出现的顺序，再搭配缩放、透明度以及补间动画所创建的特效。

文字逼近

涟漪字

7.3.1 文字逼近

Step 01 创建新文件，按 Ctrl + F8 组合键新建"影片剪辑"，命名为 SALE。

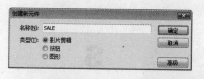

Step 02 进入元件编辑窗口中，用"文本工具" T 输入"SALE"，对齐到舞台中心位置。

Step 03 在文字上右击，从弹出的快捷菜单中选择"分离"命令。

Step 04 再一次右击，从弹出的快捷菜单中选择"分散到图层"命令。

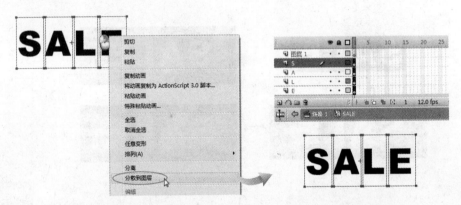

Step 05 将图层1删除，再将场景中的S、A、L、E分别选择后，按 F8 键转换成"图像"元件。

Step 06 在"S"图层的第5、第10、第15、第30帧外按 F6 键，插入关键帧。

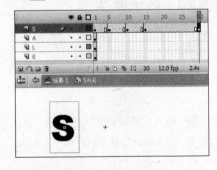

Step 07 按 Ctrl + T 组合键打开"变形"面板。

Step 08 单击第10帧，将"S"元件的缩放比例设为500%（输入500并按 Enter 键，元件随即放大），将其对齐到舞台的中心位置。

Step 09　在"属性"面板中将"颜色"改为"Alpha"（透明度），值设为"10%"。

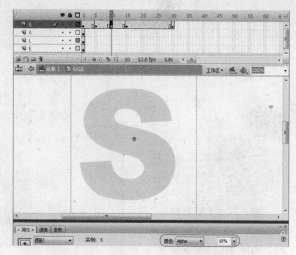

Step 10　在第5及第10帧上右击，从弹出的快捷菜单中选择"创建补间动画"命令。

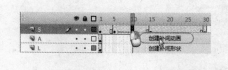

Step 11　重复第6～第10步，将其他元件（A、L、E）的动画设置好。同时为了让每个元件依序逼近，必须如下图安排每个图层所插入的"关键帧"。

Step 12　回到场景中，将SALE元件拖动到画面中，对齐到舞台的中心位置。

Step 13　执行"修改"→"文档"命令，输入"标题"、单击"匹配"的"内容"选项，更改"背景颜色"，再将"帧频"改为30。

Step 14　按 Ctrl + Enter r 组合键预览效果。（完成文件为"ch07-3a.fla"）。

7.3.2　涟漪字

如果将上述例子的做法反过来，也就是先创建一个动画元件，然后利用帧上出现先后的顺序，就可以制造"涟漪字"的效果。

Step 01 先创建两个元件，一个为"图像"，另一个为"影片剪辑"。

Step 02 "SALE 影片"元件是一个"补间动画"，由 SALE 图像元件组成，大小由原来的 100% 渐变为 200%，且 Alpha 值为 20%。

Step 03 主场景中共有 4 个图层，每个图层中都有"SALE 影片"元件，且都对齐在绝对中心，其帧的安排如右图所示。

Step 04 按 Ctrl + Enter 组合键会看到这些不同步出现的 SALE，因渐变的效果而产生涟漪特效（完成文件为 ch07-3b.fla）。

7.4 打字机动画

"打字机动画"是可以让文字内容逐一出现的特效，下面示范两种做法，都可以达到相同的目的。

显示完毕

7.4.1 载入外部AS文件

将文字内容先用"记事本"保存为"*.as"的格式，再利用编译器命令"#include"进行加载，做出打字的动画效果。这样做的好处是文字内容可以轻易地被替换。

❀ 建立动态文字

Step 01 打开范例文件"ch07-4.fla"，在"文字"图层用"文本工具" T 创建一个文字框，将属性设置为"动态文字"、多行，并进行简单的格式化。

Step 02 将其"名称"命名为 sail_txt。

Step 03 用"记事本"应用程序创建所要显示的文字内容，格式如下：song="文字内容"。

Step 04 保存时，将文件保存在与"ch07-4.fla"相同的文件夹中，并添加文件扩展名"*.as"。

✺ ActionScript 设置

在这个例子中，除了要使用"#include"方法加载外部文字文件之外，还要使用到"length"属性与"substring"函数。

Step 01 单击"动作"图层的帧1，按 F9 键打开"动作"面板。

Step 02 展开"语句"→"变量"，双击 var 命令并输入" i=0;"。

Step 03 展开"编译器命令"，双击 #include 命令，输入"sail.as"，加入如下图所示的帧动作。

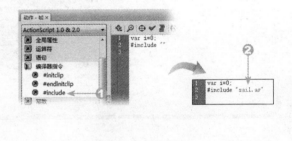

> **提示**
>
> 先设置变量"i"，作为获取文字的循环使用。影片一开始会先加载外部的 ActionScript 文本文件，作为第 1 帧的 ActionScript。"#include"是一个"编译器命令"，用法为：
>
> #include "[path]filename.as"
>
> 注意：请勿将分号";"放在包含 #include 命令的行尾！

Step 04 在第 2 帧中插入关键帧，再输入下图中的动作。

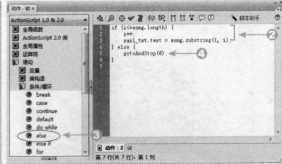

- length 属性用来获取 song 字符串的长度（多少字）；当 i≤文字长度时，代表还有字符串尚未显示，于是选择下面的动作（显示字符串）。当 i＞文字长度时，代表全部的文字内容都已显示出来，因此选择第 5 行的跳至帧 6（stop），就完成打字动画的影片。
- i++ 也就是 i+1，代表多取一个字符。
- substring() 函数用来取得子字符串，其用法如下：

> my_str.substring(start,[end])

- start 为整数，表示 my_str 字符串中，用来建立子字符串第一个字符的位置。
- end 也是整数，其值为 1~string.length 之间。

"song.substring（1,i)"代码的解释为：从 song 字符串的第一个字符开始显示，每次显示 i 个字符。

Step 05 在第 5 帧插入关键帧，加入右图所示的帧动作。

当影片播到帧 5 时会再跳回帧 2，重新多读取一个字符来显示，因此形成循环。

Step 06 在第 6 帧中插入"关键帧"，加入 stop 动作。

Step 07 在"文字"和"背景"图层的第 6 帧中按 F5 键添加帧。

Step 08 按 Ctrl + Enter 组合键欣赏打字动画的效果（完成文件为"ch07-4a.fla"）。

整个动画会从文本文件 sail.as 中，song 字符串的第一个字符开始读取，第一次读取一个字、第二次读取两个字、第三次读取三个字……，直到整个字符串的字符都读取完为止。

如果要调整文字出现的速度，可以将"帧频"的值调大。

❄ 换行参数的设置

ActionScript 的语法与 JavaScript 很类似，如果要控制文字段落的换行，可以在要断行的地方加上"\n"。例如 sailing.as 中是一篇英文诗词，先在适当的断句位置加上"\n"，当加载影片时，即会依照设置自动换行，（完成文件为 ch07-4b.fla）

加上"\n"   自动换行

<table><tr><td>**7.4.2**</td><td>**动态文本的变量设置**</td></tr></table>

可以利用"动态文本"本身的属性，来创建同样的效果。先在时间轴上定义一个函数，用 onEnterFrame 事件处理例程来重复选择此函数，通过影片文件的播放速率，逐字显示文字内容。

Step 01 仍以"ch07-4.fla"为例，在"文字"图层用"文本工具"创建动态文本，并设置属性；在"变量"文本框中输入"song"。

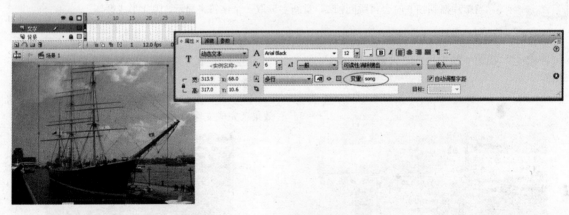

Step 02 选择"动作"图层的第 1 帧，打开"动作"面板，输入如右图所示的代码。

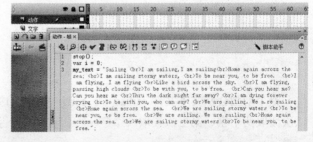

代码行中加入"
"可以让文字换行，此与在 html 中的用法相同，也就是 break 的意思；至于文本内容则可以从"记事本"中复制。

Step 03 在第 4 行单击"插入目标路径"按钮 ，选择"绝对"的"根路径"。

Step 04 为 onEnterFrame 事件处理例程定义一个函数。

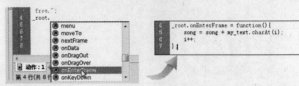

> **提示**
>
> 选择这个函数时，每次会读取一个"my_text"中的字符。"charAt"是字符串 String 的"方法"，语法如下：
>
> charAt（index:Number）: String
>
> 返回位于"index"参数所指定位置的字符。"index:Number"是用来指定字符串中某字符位置的整数。

Step 05 输入完可先保存文件，接着测试影片，便可看到与上一小节相同的打字机效果（完成文件为"ch07-4c.fla"）。

代码中第 5 行的"song= song + my_text.charAt（i）;"也可以写作"song += my_text.charAt（i）;"。

其中的"+="是一个"加法指定运算符"。例如下面这两个公式是相同的：

x += y;

x = x + y;

也就是将"x+y"的值指派给"x"。

Chapter

8

遮罩的应用

许多绘图软件中都有"蒙版（Mask）"的功能，在 Flash 中，也有相应的功能，不过称之为"遮罩"。被遮罩覆盖的范围都会显示出来，没被遮到的部分则不会被显示。利用这样的特性，再配合不同图层所营造的前后图像关系，可以使动画的表现更富有变化！

学习重点

8.1 制作转场特效

8.2 栩栩如生的动态图像

8.3 偷天换日的遮罩按钮效果

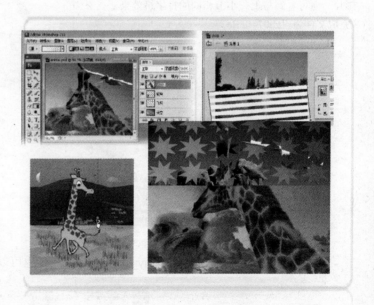

范例文件

ch08-1.fla   ch08-2.fla   ch08-3.fla

8.1 制作转场特效

前面章节中提过，遮罩的外形会决定被遮图层所展现出来的结果。可以在遮罩的形状上动点手脚，再加上遮罩动画的设置，模拟出影片换景的转场效果。

8.1.1 导入PSD文件

在 Flash CS3 中可以导入 Photoshop 的文件格式（*.PSD），并且保留原文件的品质和许多功能，例如：图层。

<u>Step 01</u> 打开范例文件"ch08-1.fla"，其中包含两个图层；"公园"图层中已置入一个图形元件，并呈锁定状态。

<u>Step 02</u> 选择"动物"图层，执行"文件"→"导入"→"导入到舞台"命令。

Step 03 打开"导入"对话框,单击 1-example 文件夹中的"animal.psd",单击 打开(O) 按钮。

Step 04 打开"将 animal.psd 导入到舞台"对话框,视需要取消选择不需导入的图层(本例中要全部导入)。

Step 05 选择下方的"将舞台大小设置为与 Photoshop 画布大小相同(500*375)"复选框。

Step 06 单击 确定 按钮。

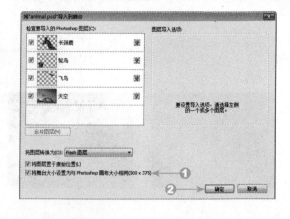

提示 　　如果执行"文件"→"导入"→"导入到库"命令,则不会出现上图中的两个复选框。默认会选择"将图层置于原始位置"复选框,因此可以保留所导入的对象原来在 Photoshop 中的坐标位置。

Step 07 图像导入舞台并分别位于原有图层,导入的所有内容自动被选择,直接按 F8 键。

Step 08 将其转换成图形元件,命名为"动物奇观"。

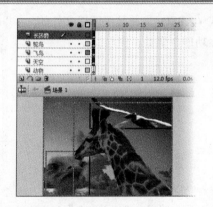

Step 09 新建的图形元件会显示在"长颈鹿"图层,右击该图层第 1 帧,从弹出的快捷菜单中选择"剪切帧"命令,再右击"动物"图层第 1 帧,从弹出菜单中选择"粘贴帧"命令。

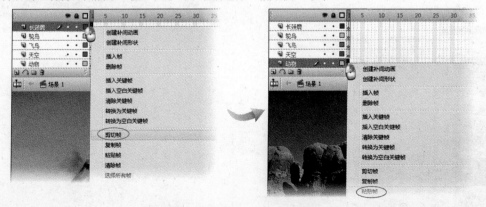

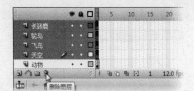

Step 10 将自动创建的4个图层(长颈鹿、驼鸟、飞鸟、天空)删除(完成文件为"ch08-1a.fla")。

提示

在导入 Photoshop 文件时，如果原本在 Photoshop 中就包含多个图层，在导入 Flash 时，默认会将图层转换为 Flash 图层，并按原图层名称命名。

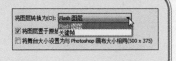

8.1.2　建立转场遮罩

接下来利用"时间轴特效"中"帮助"→"复制到网格"命令制作遮罩的外形。

Step 01 继续上节的操作，将"公园"及"动物"图层设置为只显示轮廓，并锁定这两个图层。

Step 02 在"动物"图层上方新建"MASK"图层。

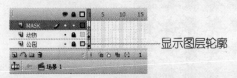

显示图层轮廓

Step 04 用"多角星形工具" ⬡ 创建任意填充色的八角星形，其中笔触颜色设置为无，将其对齐到舞台中心位置。

Step 06 从"库"中拖动"星形"元件到场景中，在元件上右击，选择"时间轴特效"→"帮助"→"复制到网格"命令。

Step 03 按 [Ctrl] + [F8] 组合键新建"星形"图形元件。

Step 05 回到场景中，创建"遮罩"影片剪辑。

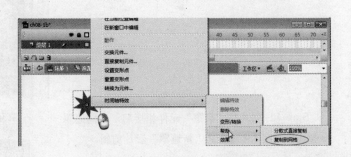

Step 07 设置如右图所示的参数，预览后单击 确定 按钮。

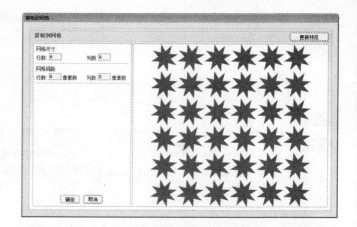

Step 08 回到场景中，单击"MASK"图层，从"库"中拖动"遮罩"元件到画面中。

Step 09 单击"任意变形工具" ，先将中心点移到左上角，再调整遮罩尺寸，使其与图片尺寸匹配。

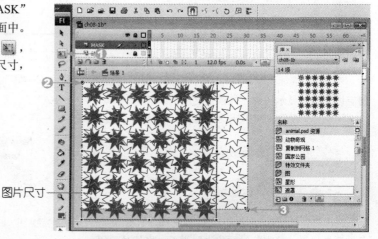

图片尺寸

Step 10 用"矩形工具" 绘制一个矩形，使宽度与"遮罩"元件相同，高度约等于图片的高度。

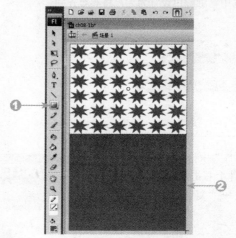

Step 11 将其与"遮罩"元件相接后，连同遮罩一起选择，按 F8 键新建"新遮罩"影片剪辑。

Step 12 将"新遮罩"元件拖动并置于图片下方。

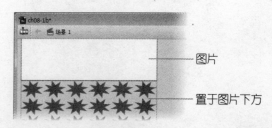

图片

置于图片下方

Step 13 将"公园"及"动物"图层正常显示，并在这两个图层的帧 20 上按 F5 键创建帧；在"MASK"图层的帧 20 上按 F6 键创建关键帧。

Step 14 将第 20 帧的"新遮罩"元件向上移动，直到长矩形完全覆盖图片（可以改变 y 坐标值为"0"）。

Step 15 在"MASK"图层的第 1 帧上右击，从弹出的快捷菜单中选择"创建补间动画"命令。

Step 16 在"MASK"图层上右击，从弹出的快捷菜单中选择"遮罩层"命令。

Step 17 按 Ctrl + Enter 组合键看看图片换景的转场效果（完成文件为"ch08-1b.fla"）。

提示

在步骤 4 将创建的星形转成图形元件，其目的是为了方便更改遮罩的外形。例如将"星形"的形状改为其他外形,此时"遮罩"及"新遮罩"元件都会立即改变（完成文件为"ch08-1c.fla"）。

8.1.3　转场效果的停止与重复设置

在默认的状态下，影片会不断重复播放，因此会看到两张图像一直在"不流畅"的转换。如果要在图像转场后停止再播放，可以进行如下设置。

Step 01 新建"动作"图层。

Step 02 选择第 20 帧，按 **F6** 键创建关键帧。

Step 03 按 **F9** 键打开"动作"面板，加上 stop 命令。

Step 04 重新测试影片，当图像转场完毕后，画面会停止在"动物"图层的图像（动物奇观）中（完成文件为"ch08-1d.fla"）。

上述的做法是比较简单的处理方式，如果是要让两张图像不断地进行转场互换，可以进行如下设置。

Step 01 选择"公园"图层的第 1 帧，右击从弹出的快捷菜单中选择"复制帧"命令。

Step 02 右击"动物"图层的帧第 21 帧，从弹出的快捷菜单中选择"粘贴帧"命令。

Step 03 选择"动物"图层的第 40 帧，按 **F5** 键创建帧。

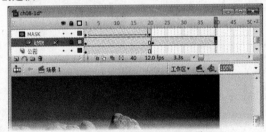

Step 04 重复上述步骤，将"动物"图层第 1 帧复制到"公园"图层的第 21 帧，并在第 40 帧处按 **F5** 键创建帧。

步骤 1～步骤 4 是将被遮图层的图像互换。

Step 05 单击"MASK"图层，将第 1 帧的内容复制到第 21 帧，再将第 20 帧的内容复制到第 40 帧。

补间动画也会经由复制帧而产生

Step 06 按 [Ctrl] + [Enter] 组合键测试影片，图像会由公园转场为动物，再由动物转换为公园，不断地循环转换着（完成文件为"ch08-1e.fla"）。

栩栩如生的动态图像

遮罩在动画影片中扮演着非常重要的角色，巧妙运用会使效果超乎想象。只要发挥想象力和创作力，即使不具备高级的程序语言背景，还是可以化腐朽为神奇，制作出令人惊喜的作品。

上面的这两张图看起来只是一张静态的图片，在实际播放时，湖面会呈现动态的水波，喷泉的水也会不停地喷出，整个画面看起来就像是身临其境般的真实。

Step 01 打开范例文件"ch08-2.fla"，文件中有 3 个图层，当前只有"风景照"图层中添加了图形；"库"中已有"光线"影片剪辑。

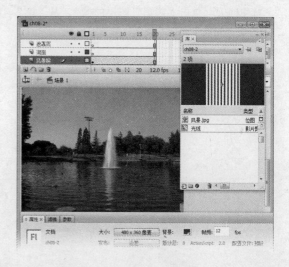

 为显示"光线"影片剪辑的内容，暂时将文件背景设置为有色。

Step 02 选择文件中的位图，按 Ctrl + B 组合键进行分离。

Step 03 用"套索工具" 选取湖面范围。

只选取湖面范围

Step 04 按 Ctrl + G 组合键对选择范围进行组合。

Step 05 按 Ctrl + C 组合键将其复制。

Step 06 将"风景照"图层锁定。

Step 07 单击"湖面"图层的帧1，选择"编辑"→"粘贴到当前位置"命令，将步骤5复制的湖面粘贴到舞台。

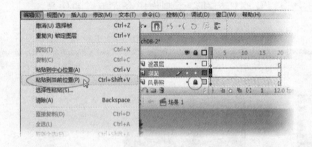

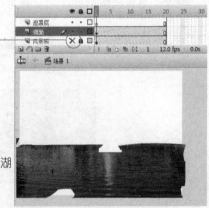

将"风景照"图层隐藏即可看到"湖面"图层中复制的内容

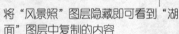

Step 08 用方向键往右及下各按一次，稍作位移，然后锁定"湖面"图层。

Step 09 单击"遮罩"图层的帧1，从"库"中拖动"光线"元件到舞台。

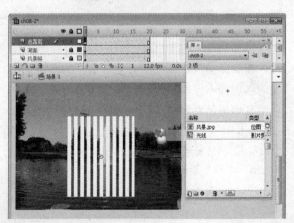

Step 10 用"任意变形工具"将"光线"元件进行旋转、缩放，盖住湖面范围，如右图所示。

Step 11 在"遮罩"图层的帧20按 F6 键。

Step 12 将"光线"影片剪辑往下移动约27像素。

Step 13 在"遮罩"图层的帧1创建补间动画。

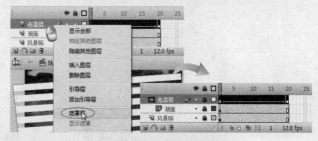

Step 14 在"遮罩"图层上右击，从弹出的快捷菜单中选择"遮罩层"命令。

Step 15 按 Ctrl + Enter 组合键，看看模拟湖面水波动荡的动态效果（完成文件为"ch08-2a.fla"）。

提示

要让湖中的喷泉也呈现动态效果，可以在"遮罩"图层下再创建"喷泉"图层，其中的内容可以参考步骤3~步骤7来创建（完成文件为"ch08-2b.fla"）。

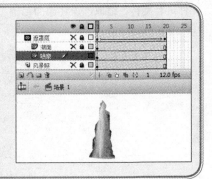

8.3 偷天换日的遮罩按钮效果

接下来要介绍另一种遮罩的应用，是利用"按钮"元件具有交互的特性，让浏览者可以通过拖动按钮来显示所要展现的图像。

影片一开始所显示的图像内容

鼠标指针移到上方的图标时，会显示"请拖曳"的提示文字

往回拖动显示原来的图像

往下拖动会出现另一张图片的图像

8.3.1 导入AI文件

Step 01 打开范例文件"ch08-3.fla"，其中已包含本范例所需的图层及部分元件。

Step 02 单击"图1"图层，执行"文件"→"导入"→"导入到舞台"命令。

Step 03 选择范例文件夹中的"A.ai"，单击 打开(O) 按钮。

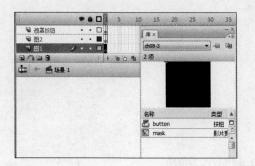

Step 04 打开"将'A.ai'导入到舞台"对话框，与导入PSD文件一样，可以从图层列表框中取消选择不要导入的图层（此处不做任何选择，直接导入所有图层）。

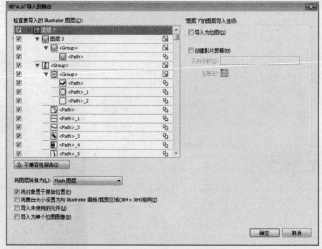

Step 05 选择"将舞台大小设置为与Illustrator画板/裁剪区域（384*384）相同"及"导入为单个位图图像"复选框，单击 确定 按钮。

Step 06 导入的 A.ai 变成位图，且文件尺寸自动改为与图的大小一致。

Step 07 选择"图 2"图层，重复步骤 2~ 步骤 5，将 B.ai 也导入为位图。

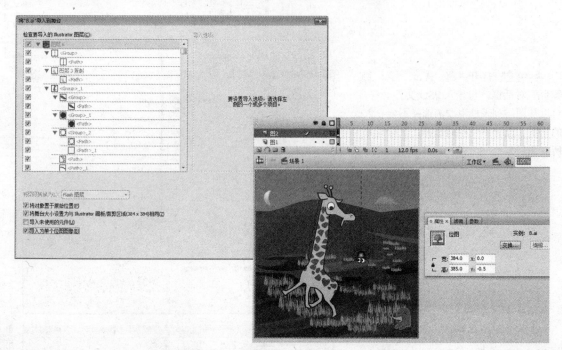

Step 08 展开"库"，会有两个与导入 Illustrator 文件同名的文件夹，其中包含两个位图。

Step 09 分别将"图 1"及"图 2"图层中所导入的位图转换为影片剪辑元件，分别重命名为 pic_A 与 pic_B。

8.3.2 设置遮罩按钮

Step 01 进入 mask 元件编辑窗口，该元件由"遮罩"和 button 组成，大小刚好与图像相同。

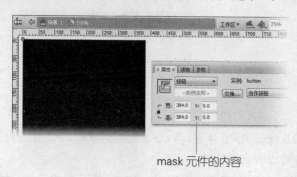

mask 元件的内容   遮罩按钮 button 的内容

 提示

  本例中使用的遮罩由按钮组成，目的是借助按钮的交互特点，让鼠标指针可以感应并拖动遮罩。

Step 02 单击"遮罩按钮"图层，将 mask 元件拖动到场景中，坐标为（0,-364）。

 提示

  mask 的注册点在左上角，放在坐标（0,-364）刚好只盖住下方 pic_B 图片上方 20 像素高的内容。

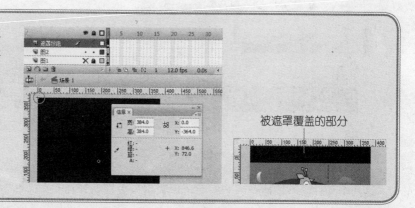

被遮罩覆盖的部分

Step 03 双击 mask 元件，进入其编辑窗口，单击遮罩按钮 button 元件，将"动作"面板打开，输入如右图所示的代码。

提示

  这段代码的意思是，当按下鼠标时开始拖动该按钮，并限制可拖动的范围在（0,-364,0,0），其对应到（左,上,右,下）；当放开鼠标按键时停止拖动动作。有关 stargDrag 命令的详细介绍可参阅第 9 章。

Step 04 回到场景中,在"遮罩按钮"图层上右击,从弹出的快捷菜单中选择"遮罩层"命令。

Step 05 测试一下影片,看看是否可以拖动上方图片,以显示完整图像(完成文件为"ch08-3a.fla")。

在步骤2中将 mask 元件只遮住下方图片(pic_B)20 像素,当 mask 成为遮罩时,下方图片(pic_B)就只会露出上方 20 像素的高度,让浏览者可以看到而拖动。

为了吸引浏览者的好奇去拖动遮罩按钮,可以在遮罩按钮 button 中加上影片剪辑元件,如下图所示。

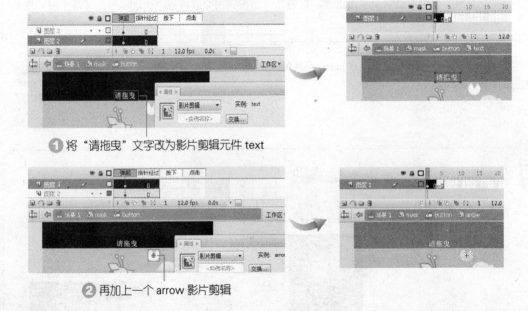

❶ 将"请拖曳"文字改为影片剪辑元件 text

❷ 再加上一个 arrow 影片剪辑

这两个元件会不停地一闪一闪,可以吸引人去拖动!

★ 充电时间

🌸 灵活导入 PSD 文件

在 8.1.1 节导入 PSD 文件时,除了可以选择要导入的图层外,还可以将导入的图层内容新增为影片剪辑元件。

Step 01 打开新文件，按 Ctrl + R 组合键，导入 "animal.psd"。

Step 02 打开 "导入到舞台" 对话框，先单击 "长颈鹿" 图层，对话框右侧会出现相关选项。

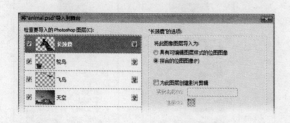

Step 03 选择 "具有可编辑图层样式的位图图像"，此时该图层名称右侧的图像图标会变成影片剪辑图标。

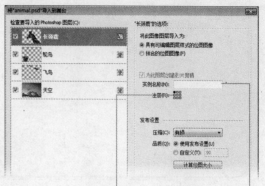

可改变注册点　可顺便命名实例名称

Step 04 可在 "发布设置" 中指定 "压缩" 及 "品质" 选项；单击 "计算位图大小" 按钮可计算位图大小。

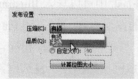 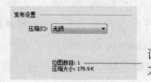 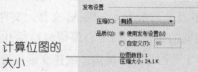

计算位图的大小

Step 05 重复步骤 2 和步骤 3，将 "鸵鸟" 及 "飞鸟" 图层也做同样的设置。

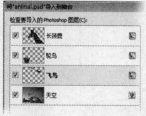

Step 06 选择 "将舞台设成 Photoshop 画布大小（500*375）" 复选框，单击 确定 按钮。

Step 07 展开 "库"，这些 Photoshop 图层中的对象导入 Flash 库时，会以原图层名称命名。

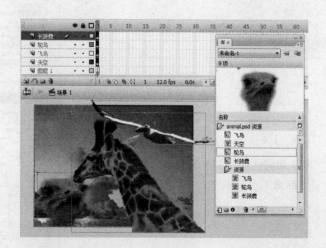

> **提示** 可以比较一下，用 8-1-1 节介绍的方式所导入的 PSD 文件，库中的图像品质要比本例中的图像效果差些。

❄ 灵活导入 AI 文件

可以先在 Illustrator 绘制元件，再在 Flash 中"粘贴"或"导入"。在 Flash 中可以导入 Illustrator（包含版本 10 及之前的版本）的 AI 文件，文件会根据原先在 Illustrator 的图层内容，导入到 Flash 中，并创建相同的图层，Flash 会保留与粘贴 Illustrator 图稿相同的属性。与导入 PSD 文件相同，也可以一一指定是否导入为位图，或建立影片剪辑，默认会选择"将对象放回原始位置"复选框，可再视状况选择其他的选项。

- 导入未使用的元件：选择此项，则在 AI 文件中的内容，即使未使用在工作区域中，仍会导入到 Flash 库。
- 单击 ⚠ 不兼容性报告(I) 按钮：可创建 AI 文件中与 Flash 不兼容的项目列表。

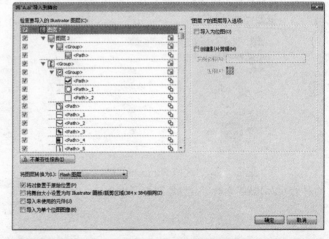

如果执行"文件"→"导入"→"导入到库"命令，则"将对象置于原始位置"及"将舞台大小设置为 Illustrator 画板 / 裁剪区域（384*384）相同"两个复选框将不会显示。

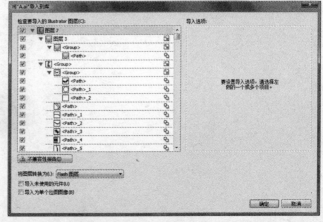

Chapter

9

有趣的鼠标特效

除了第 8 章所介绍的遮罩外，在 Flash 中被广泛运用在和交互性有关的效果，就是与鼠标操作相关的功能。事实上，遮罩功能再搭配鼠标的动作设置，可以创造出许多有趣的特效。这一章就来介绍常见的特效制作。

● 学习重点

9.1 模拟手电筒效果
9.2 鼠标拖动特效
9.3 换装游戏

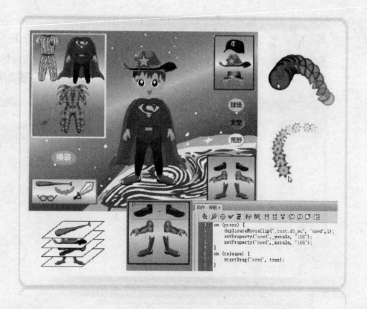

● 范例文件

ch09-1.fla   ch09-3a.swf
ch09-2a.swf   ch09-3.fla

9.1 模拟手电筒效果

从第 8 章的范例中知道，遮罩可以动态呈现，也就是要显示的图形不动，让遮罩移动或改变。事实上遮罩搭配鼠标的动作设置，是在 Flash 中经常用到的一种手法，例如本节中所要介绍的模拟手电筒特效。

范例欣赏

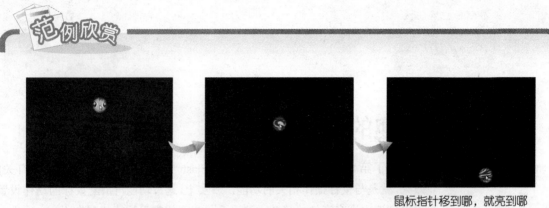

鼠标指针移到哪，就亮到哪

Step 01 打开范例文件 "ch09-1.fla"，其中已包含所需的图层及元件。

提示

调整 "灯光" 的大小，是要制造光源忽大忽小的逼真效果。

Step 02 进入 "灯光" 影片剪辑的编辑窗口中，可以看到它是由 "light" 图形元件所组成。按下 Enter 键可以看到它由小变大的补间动画效果。

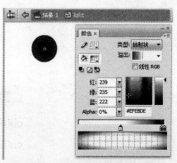

"light" 图形元件的填充设置

Step 03 回到主场景,将"宇宙超人"影片剪辑拖动到"背景暗"图层,对齐到舞台的中央位置。

Step 04 将"属性"面板打开,单击"宇宙超人"元件,将"亮度"调暗。

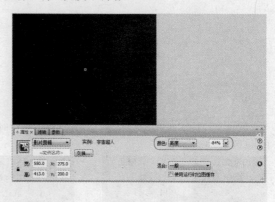

Step 05 单击"背景亮"图层,同样将"宇宙超人"元件也拖动到舞台中心。

Step 06 将"灯光"从库拖动到"灯光"图层,并在"属性"面板中将实例名称命名为"light_mc"。

Step 07 选择"灯光"元件,按 F9 键打开"动作"面板,输入如下的代码。

⑦ 单击"自动套用格式"按钮

⑥ 输入 true

Step 08 右击"灯光"图层，选择"遮罩层"命令。

Step 09 按下 Ctrl + Enter 键，当移动鼠标指针时，灯光会随着指针的移动而出现"手电筒效果"（完成文件为"ch09-1a.fla"）。

鼠标指针移到哪就"亮"到哪儿

Step 10 由于遮罩不支持半透明或渐变色，为了制造灯光微晕的效果，可以在"灯光"图层上方再新建一个图层。

Step 11 在该图层再放置一个"灯光"元件，并对该元件设置如下的动作，使其跟着"light_mc"元件的坐标移动。

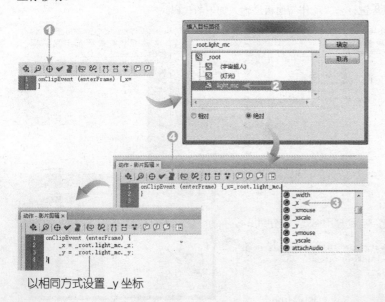

以相同方式设置 _y 坐标

果然有光源的真实感（完成文件为"ch09-1b.fla"）

充电时间

startDrag 的语法为：

startDrag(target, [lock, left, top, right, bottom])

◉ target 是指要拖放影片剪辑的目标路径。lock 是一个 Boolean 值，指定可拖放的影片剪辑要固定于鼠标指针的中央（true），或是固定在用户第一次单击影片剪辑的位置（false），这个参数是可选的。此处选择 true，表示当拖放鼠标时，影片实例能固定在鼠标指针的中心位置。

◉ left、top、right、bottom 是相对于影片剪辑的"父层"坐标的值，用来限制影片剪辑的范围。这些参数也是可选的，可有可无。

提示
　　startDrag 一次只能拖放一个影片元件。

9.2 鼠标拖动特效

与鼠标有关的命令，通常离不开 startDrag 及 duplicateMovieClip 这两个命令。在本节中先来看看利用 startDrag 命令可以变化出哪些有趣的效果。

 范例欣赏

先打开文件夹中的"ch09-2a.swf"，并移动鼠标，会看到如下图中的特效。

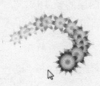

一串渐透明、渐小、且不断自转的星形跟着指针移动

Step 01 打开新的文件，按下 Ctrl + F8 键新增一个图形元件，命名为"shape"。

Step 02 利用绘图工具创建一个简单的图形，并加以填色。

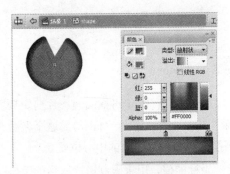

Step 03 回到场景中，再按 [Ctrl] + [F8] 键新增一个影片剪辑，命名为"shapemove"。

Step 04 从"库"中拖动"shape"元件到窗口中。

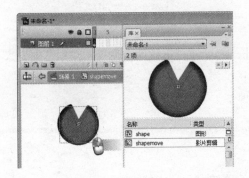

Step 05 在帧 15 按 [F6] 键新增关键帧，缩小图形并设置 Alpha 值，如下图所示。

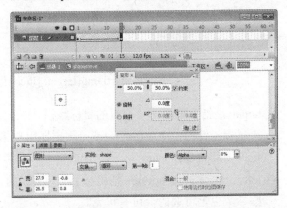

Step 06 右击帧 1，选择"创建补间动画"命令，并将其设置为"顺时针"旋转。

Step 07 回到场景中，在"图层 1"图层中将"shapemove"元件拖动到场景中的任意处，在"属性"面板中输入实例名称"shape_mc"。

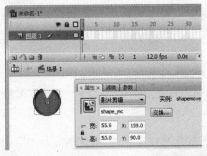

Step 08 新建一个"动作"图层，在两图层的帧 3 按 [F5] 键插入帧。

Step 09 在"动作"图层的第一个帧按 [F9] 键，打开"动作"面板，输入如下的代码。

Step 10 按 Enter 键，接着展开"语句"→"变量"列表，双击"set variable"命令。

Step 11 在"名称"中输入"total"；"值"则输入"12"。

这一段代码的意思是：开始拖动鼠标时，让"shape_mc"这个影片实例固定在鼠标指针的中心位置。而"total"这个变量用来指定所复制影片"shape_mc"的数量，此处设为"12"。由于"total"是一个字符串，所以要加上引号，在下一段的 ActionScript 设置中会用到，因此先在此处定义好。

Step 12 在"动作"图层的帧 2 插入关键帧，在"动作"面板中输入如下图所示的代码。

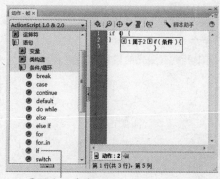

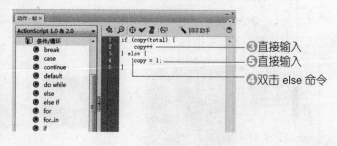

Step 13 移到第 5 行"}"之后按 Enter 键，接着展开"全局函数"选择"影片剪辑控制"列表，双击"duplicateMovieClip"命令。

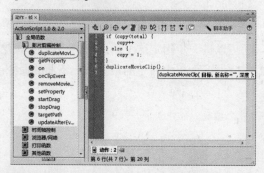

Step 14 直接输入""shape_mc""的目标名称，或单击"插入目标路径" ⊕ 按钮进行选择。

Step 15 输入所复制新影片剪辑的名称，例如"new_mc"。

Step 16 指定新影片所在的"深度"值，此处可设置为变量值，也就是"copy"。

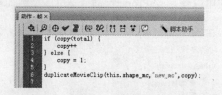

帧 2 中的 ActionScript，主要用于处理 duplicateMovieClip 命令的参数。在"目标"中输入影片实例名称后，必须将复制后的影片命名一个新名称（new_mc），并指定"depth"（深度）。在复制影片剪辑时，"depth"的值越高，表示所复制元件的位置在越上面的层级。在这里的"depth"用变量值"copy"来控制，而"copy"则以条件函数来指定，其值不超过"total"值（也就是 12）。

Step 17 单击帧 3 并插入关键帧，在"动作"面板输入如右图所示的代码。

提示
在帧 3 加上"gotoAndPlay"命令，目的使其不断回到帧 2 中继续执行。

Step 18 现在可以按下 [Ctrl] + [Enter] 键验收成果了，移动鼠标指针时，会看到一串渐小、呈透明的图形跟在指针后面，而且每次移动时，这串图形的数量还不一（完成文件为"ch09-2b.fla"）。

提示
只要在影片元件上动点手脚，您可用同样的方法，制作出更有变化的鼠标拖动特效（完成文件为"ch09-2c.fla"、"ch09-2d.fla"）。

星星会一直闪亮旋转的鼠标拖动特效   拖着一群大小不一粉红心的鼠标拖动特效

★ 充电时间

在步骤 16 指定完所复制的新影片的"深度"后，还可以进一步指定这个新影片的"属性"，这时候可以使用 setProperty 命令来定义。例如再回到帧 2，在"动作"面板中命令的最后加上下面的命令：

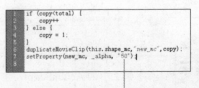

此处将透明度（Alpha）设为 50%

渐呈透明的效果更明显了（完成文件为"ch09-2e.fla"）

setProperty 命令可以定义元件的"属性"，一般常用的属性有以下几个。

◎ _width：输入的值代表宽度。

◎ _height：输入的值代表高度。

◎ _rotation：输入的值代表旋转的角度。

◎ _x：输入的值代表元件左上角在 x 轴的坐标。

◎ _y：输入的值代表元件左上角在 y 轴的坐标。

◎ _xscale：输入的值代表元件在 x 轴上的缩放比例。

◎ _yscale：输入的值代表元件在 y 轴上的缩放比例。

除了使用 setProperty 命令来定义元件的属性外，也可以用下面的表示法来定义。

```
shape_mc._x = 50;
shape_mc._y = 100
```

9.3　换装游戏

在这一节中，仍要利用这两个常用的 ActionScript 命令：duplicateMovieClip 及 startDrag，来建立一个有趣的"变装秀"游戏。

Step 01　打开范例文件"ch09-3a.swf"，画面中有一个男孩，可以从 4 个衣柜中单击衣物、鞋子、帽子和饰品，替男孩着装。

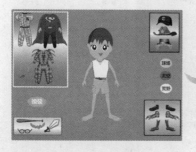

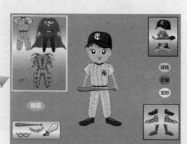

Step 02 换完装再单击一个适当的背景。

Step 03 不满意搭配，可以重新单击新的衣物，替他换装。

Step 04 要恢复原样，只需单击"换装"按钮。

这个范例提供了 4 大类的衣物饰品，可以组合成各式各样的变化；而这个看似复杂的动画，其实只用到几个简单的动作命令，不得不赞叹 Flash 的神奇.

9.3.1 前期的准备工作

这个互动游戏要准备的道具不少，还有许多重复的动作。大部分元件这里都已事先处理好，以提高您的学习效率。

制作透明眼镜

4 个衣物柜中的衣物元件类型皆为影片剪辑，可以利用 Flash 提供的绘图工具来绘制，或在其他的绘图软件（Illustrator）中绘制妥当后，再导入到库中。其中比较特别的是眼镜的制作，这副眼镜是透明的。

Step 01 打开范例文件"ch09-3.fla"，按 Ctrl + L 键打开"库"面板。

Step 02 展开"衣物饰品"文件夹，进入"太阳眼镜"元件的编辑窗口中。

Step 03 镜片之所以呈透明，主要是因为在填充时，设置了"颜色"面板上的 Alpha 参数。

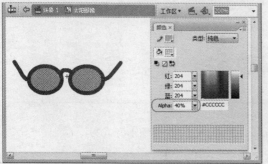 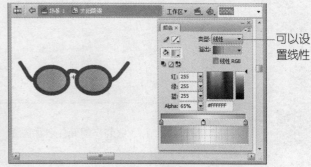

可以设置线性

命名衣物的实例名称

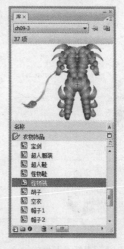

在本范例中共有 4 个衣物柜，每个柜子中都有数项物品，它们都是影片剪辑元件，集中在库的"衣物饰品"文件夹中。必须替这些元件的实例命名，以方便后续的 ActionScript 的设置。

Step 01 画面中的衣物柜里，已事先将衣物饰品放置妥当，不过每个柜子中都少了一件物品，请将这些元件的实例放入其中。

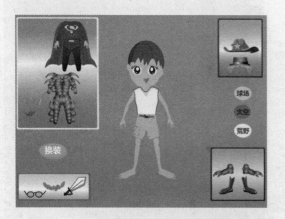

Step 02 将"衣物饰品"以外的图层锁住，以利操作。

Step 03 单击"衣物饰品"图层，将"球衣"元件从"库"中拖动到画面中，并命名为"d1_mc"。

Step 04 按 Ctrl + T 键将"变形"面板打开。
Step 05 将"球衣"实例缩小为 70%，并调整在柜子中的位置。

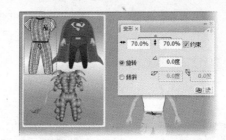

 提示

"怪物装"、"超人服装"的元件名称为 d2_mc、d3_mc，它们也都缩小为 70%。

Step 06 重复上述步骤，将各柜子中的衣物饰品从"库"中拖动到对应的柜子中，并缩小为 70%，"帽子 1"的实例名称为"h1_mc"，"球棒"的实例名称为"e1_mc"，"鞋子 1"的实例名称则为"s1_mc"。

 提示

饰品柜中的饰品，一次只能选择一项，除非将这些饰品放在不同的柜子中，才可同时选用。

"点击"区域的制作

"点击"区域的作用，目的是要让鼠标指针在单击衣物柜中的物品时，能出现"手"的指针来选择衣物，其原理类似制作按钮元件时的"点击"帧。

Step 01 将"点击"以外的图层锁住。
Step 02 将"点击"按钮元件从"库"的"按钮"文件夹中拖动到如右图所示的位置，利用"任意变形工具" 调整大小到能容纳男孩。

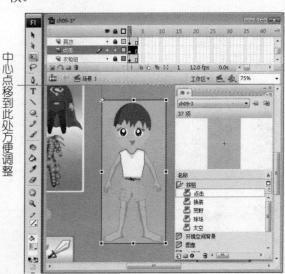

中心点移到此处方便调整

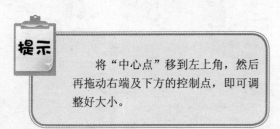 **提示**

将"中心点"移到左上角，然后再拖动右端及下方的控制点，即可调整好大小。

Step 03 重复上述的步骤，将"点击"元件放置在每一个衣物饰品的后方，方便后续的 ActionScript 设置。

提示 只需在每个柜子的第一件物品放置"点击"区域即可，其余物品的"点击"区域都已设置妥当。

Step 04 单击这些"点击"区域（按 Shift 键复选），在"属性"面板中，将 Alpha 值设为 0%，让"点击"区域隐形。

提示 将"点击"区域隐形后不会破坏画面，ActionScript 命令仍可照常设置与执行；不过隐形后会不容易选择到，此时可利用锁住其他图层的方式，轻松单击到隐形的"点击"元件，再进行编辑操作。

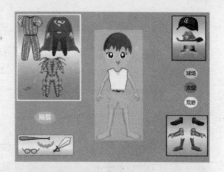

9.3.2　ActionScript的设置

完成前期操作的准备工作后，接下来开始进行 ActionScript 的设置。主要会用到"复制影片剪辑"和"拖放"的命令。

❀ 复制影片剪辑

duplicateMovieClip（复制影片剪辑）命令可以让画面中的衣物"取之不尽、用之不竭"。

Step 01 仍将"点击"区域以外的图层锁住，先单击"球衣"的"点击"按钮。

Step 02 按 F9 键打开"动作"面板，输入以下代码。

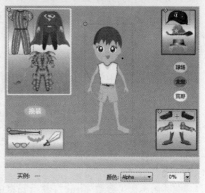

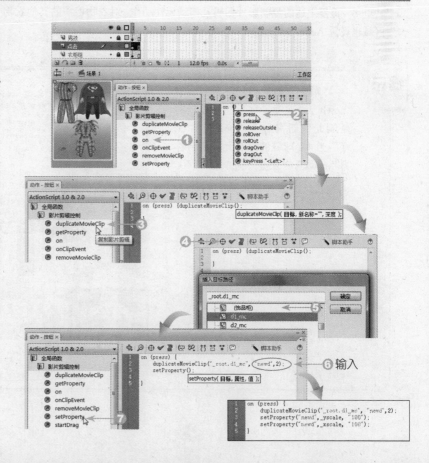

提示

> 按下"球衣"的"点击"后，会复制"球衣"的实例（d1_mc），并将复制好的元件命名为"newd"；接着用 setProperty 命令将"newd"元件的高及宽恢复成未经缩小的尺寸，也就是 100%。

拖动元件

当复制元件后，由于要将该元件（球衣）拖动到男孩身上，因此要设置拖动元件的 ActionScript；同时要在男孩身后的"点击"区域上设置停止拖动。

Step 01 继续上一个动作，继续在"球衣"的"点击"区域中创建如右图所示的命令。

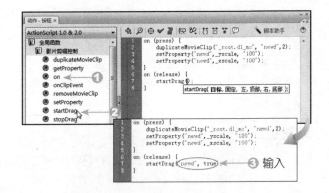

提示

> 参数"true"表示要将鼠标指针固定在中心点。

Step 02 重复上述的复制影片剪辑及拖动元件动作，对衣物柜中的其他衣物（帽子1、球棒、球鞋）的"点击"区域也设置 ActionScript。

提示

> "帽子"的复制元件新名称为"newh"，"深度"为3；"球棒"的复制元件新名称为"newe"，"深度"为4；球鞋的复制元件新名称为"news"，"深度"为1。

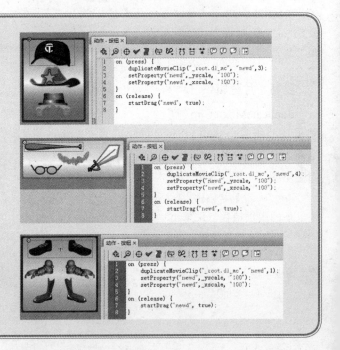

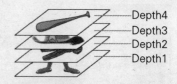

在复制影片时，每一类衣物都有一个"深度"（Depth）参数需设置。影片剪辑的"深度"值越高，表示位置在越上面的层级；如果"深度"值相同，则后面所复制出来的元件会替换掉前一个元件。

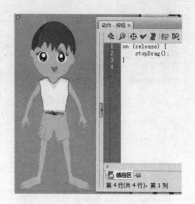

提示   本例中，其他衣物柜中的"点击"区域上的 ActionScript 都已设置妥当；由于 ActionScript 的内容类似，可以利用"复制"、"粘贴"的方式来处理，只要修改复制影片的新名称和深度即可快速完成设置。

Step 03 单击男孩身后的"点击"按钮，加上停止拖动的命令。

※ "换装"按钮的设置

替男孩更衣后，如果不满意搭配结果，可以单击"换装"按钮将衣物全部除去。

Step 01 将"按钮"图层解锁。

Step 02 单击"换装"按钮，在"动作"面板中输入下列命令。

 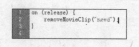

Step 03 增加 3 个 removeMovieClip 命令，在"目标"中输入"newh"（帽子复制新元件的名称）、"news"（鞋子复制新元件的名称）、"newe"（饰品复制新元件的名称）。

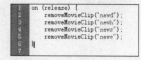

提示   此处要清除的对象是复制后的新元件，而不是元件实例。

※ 更换"背景"按钮的设置

替男孩着装完毕后，为了让服装与场景相搭配，接下来可以变换背景图案，使变装游戏更有趣。

Step 01 在"背景"图层的帧 1～帧 3，已分别置入 3 张不同内容的背景元件；"按钮"图层中也放置了 3 个控制背景切换的按钮。

 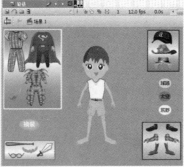 

Step 02 单击"球场"按钮，将"动作"面板打开。

Step 03 展开"影片剪辑控制"，双击 on 命令，选择 release。

Step 04 展开"时间轴控制"列表，双击 gotoAndStop 命令，输入 1。

提示

当放开"球场"按钮时，影片会停在帧 1，也就是放置球场背景的关键帧。

Step 05 重复步骤 2~ 步骤 4，将"太空"、"荒野"按钮也设置相同的命令，如下所示。

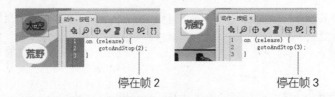

　　　　　停在帧 2　　　　　　　　停在帧 3

Step 06 新增一个"动作"图层，在帧 1 加上 stop 命令，让影片一开始先停在帧 1。

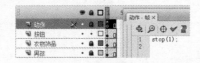

到此完成所有设置，赶快测试一下影片，试试有趣的变装游戏吧（完成文件为"ch09-3a.fla"）。

声音特攻队

　　不管是制作网页还是在线游戏等，声音都是一个少不了的重要元件，它有画龙点睛的作用。Flash 可以读入各种格式的声音文件，同时在发布时可以压缩这些容量不小的声音文件，让 Flash 动画更精彩。

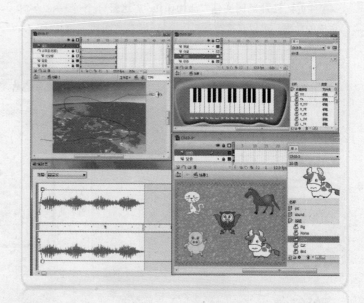

范例文件

ch10-1.fla　　　　ch10-2.fla　　　　ch10-3.fla

10.1 声音的加载

加载声音的操作与置入图形文件的操作一样，都是执行"文件"→"导入"命令。在此以一个简单的"太空之旅"动画，搭配声音来作说明。

宇宙飞船在太空中顺着轨道飞行，并带有背景音乐

Step 01 打开范例文件"ch10-1.fla"，这是一个已完成的动画，可以直接按 Ctrl + Enter 键观赏影片。

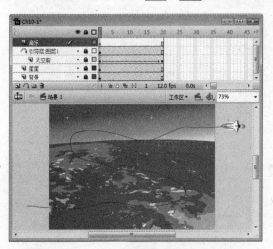

Step 02 要为这个动画影片加上背景音乐，执行"文件"→"导入"→"导入到库"命令。

Step 03 在范例的"sound"文件夹中找到"太空之行.wav"，单击 打开(0) 按钮。

Step 04 "库"中会新增该声音文件。

Step 05 单击"音乐"图层的帧 1，从"属性"面板的"声音"下拉列表中选择刚才导入的声音。

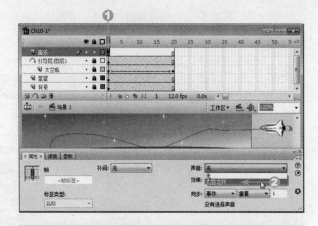

Step 06 将"属性"面板的"同步"改为"开始"。

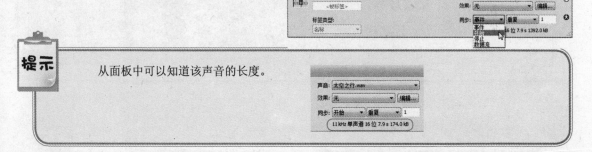

提示 从面板中可以知道该声音的长度。

Step 07 按下 Ctrl + Enter 键测试一下声音结果了，很简单吧（完成文件为"ch10-1a.fla"）。

　　读者会发现音乐很长，动画要播将近 5 次音乐才会结束，因此可以修改一下动画，让影片和音乐配合得更完美些。从"属性"面板中可以知道音乐长度是 7.9 秒。如果将"帧频"调整为 10fps，则需要 7.9×10=79 个帧，声音才会播完。

Step 01 将"帧频"改为 10fps。

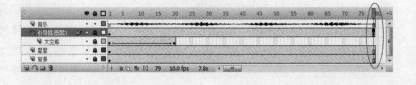

Step 02 在"音乐"图层的帧 79 按 F5 键插入帧，再单击"太空船引导层"、"星星"及"背景"图层的帧 79，同样按 F5 键新增帧。

Step 03 在"太空船"图层单击帧 20，再用鼠标拖动到帧 79。

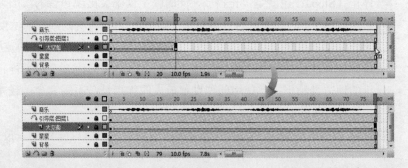

<u>Step 04</u> 按下 ⌈Ctrl⌋ + ⌈Enter⌋ 键测试一下，会发现动画和声音很搭配了（完成文件为 "ch10-1b.fla"）。

提示

可以再新增其他的图层，将"太空船"元件放到这些图层中，共享相同的引导层（完成文件为 "ch10-1c.fla"。

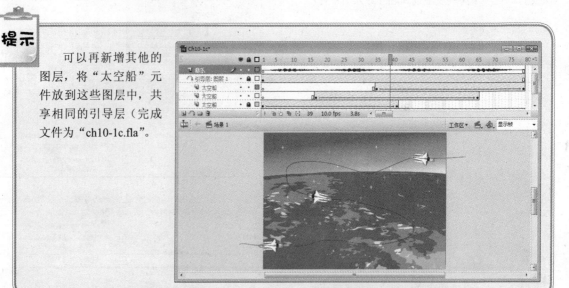

充电时间

同步设置

在影片中处理声音，除了文件大小要考虑外，最棘手的就是"同步"（Sync）的问题。Flash 的"属性"面板中提供了 4 种声音同步的设置效果。

- 事件（Event）：当声音启动时会自行播放，即使动画已播完，仍不受影响，会继续播直到声音播放完毕才停止，因此其与时间轴无关。这种效果适用在 1~2 秒内的短促声音，要注意的是，如果动画长度比声音长度短，当动画播完未设置停止又从头开始时，声音便会重叠出现（第一次的声音尚未结束，第二次的声音又开始）。

- 开始（Start）：与"事件"很像，不过播放声音时不允许声音重叠出现，因此会先将声音播放完毕后，才重新开始播放同一个声音文件。这也是本例中选择此项设置的原因，它适合较长的音乐，即使影片已经停止，声音仍会继续。如果要停止其播放，可以使用 StopAllSound 命令来控制。

- 停止（Stop）：也就是停止播放，此时帧上就不会出现声音的波形。

- 数据流（Stream）：其会使动画与声音同步播放，声音会随动画的结束而停止。由于会以声音为主，因此如果声音长度较动画长度短，会牺牲部分帧而影响动画的流畅性。所以要使用此种设置，最好影片的帧长度与声音长度相同，当动画停止时声音会跟着停止，动画继续时声音也会从停止的地方继续下去。使用此种设置最大的优点是，不需完全下载完毕就可以开始播放，可以减少等待下载的时间。

- 重复（Loop）：如果要让声音不停的重复播放，可以设成 9999（最大值），表示无限循环。

事实上，如果不想为影片和声音的同步伤脑筋时，可以仿效上面的例子，将声音长度乘上"帧频"，可以得到真实播放声音所需的帧数，将帧数增加到与声音文件相同，当帧播完时，声音也会同时结束。如果一定要等到声音播完后才作其他进一步的处置，那最好用这种土方法以免出错，不过，建议还是找声音短一点的吧。

❋ Flash 所支持的声音格式

Flash 究竟支持哪些声音格式呢？从"导入"对话框的"文件类型"列表中便可得知。

◎ WAV 格式（.wav）：最常见的声音格式，其录制格式可分为 8bits 及 16bits，还有单音或立体声之分。

◎ MP3（.mp3）：时下最流行的声音格式，属于 MPEG 标准，由于具有高效率的数据压缩效果，因此有逐渐成为多媒体影音标准的趋势。它可用 1：10~1：12 的比率来转换 .wav 文件，一分钟的 .wav 文件变成不到 1MB 的 MP3 文件，而且几乎听不出有何差别。

◎ AIFF（.aif）：是 PC、Mac 及 UNIX 等操作系统共享的声音格式。

怎么没看到 MIDI、RealPlayer 或 CD 的文件格式？是的，想读入这些格式必须先用声音编辑软件进行格式转换。

❋ 变换声音文件

当时间轴上加入声音效果后，如果想换不同的声音文件，可以在同一帧中，再从"库"中拖动其他声音元件到编辑区；或是在"属性"面板的"声音"下拉列表中选择其他文件。若选择"无"，则是删除声音设置。

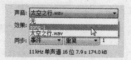

10.2 控制声音播放

前面小节的示范是 Flash 中的基本操作，如果想更进一步控制声音的播放，通常免不了进行"动作"的设置。以上一节的范例而言，可以加上两个控制声音播放的按钮，让这个范例更精彩。

Step 01 打开范例文件"ch10-2.fla"，这个文件的动画部分已经制作完成，现只需要制作控制声音播放的按钮。

Step 02 按 [Ctrl] + [F8] 键新增一个影片剪辑,将其命名为"music"。

Step 03 进入元件编辑窗口中,在"图层 1"图层的帧 2 按 [F6] 键新增关键帧。

Step 04 在"属性"面板从"声音"下拉列表中选择"太空之行 .wav",再在帧 80 按 [F5] 键增加帧。

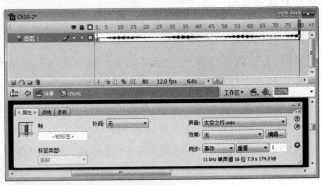

Step 05 新增"图层 2",在帧 1 打开"动作"面板,加入 stop 命令,让影片先停在此处(没有声音)。

Step 06 在帧 80 按 [F6] 键新增关键帧,加入如右图所示的命令,当音乐开始播放(从帧 2),到最后会再回到帧 2 重复播放。

Step 07 回到场景中,将"music"元件拖动到"音乐"图层,可以放置在任意处。

提示　　由于"music"元件的帧 1 中没有任何对象,因此在舞台中会呈现一个"圆圈"。

Step 08 单击该"圆圈",在"属性"面板将"实例名称"命名为"sound_mc"。

Step 09 单击"按钮"图层的"ON"按钮,加入 on(release)的事件,并设置当按下按钮时,跳到"sound_mc"元件的帧 2 开始播放音乐。

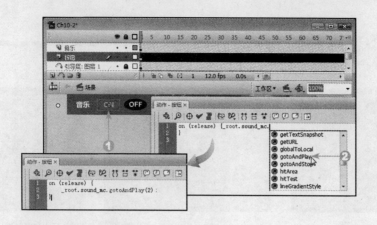

Step 10 单击"OFF"按钮,也加上 on(release)的事件,当按下按钮时停止所有声音,并且回到"sound_mc"元件的帧 1 并停住。

Step 11 关闭"动作"面板,可以测试影片效果了(完成文件为"ch10-2a.fla")。

开始时没有声音　　　　　按下"ON"按钮音　　　　按下"OFF"按钮后
　　　　　　　　　　　乐会出现并循环播放　　　　声音会停止

10.3 声音按钮的应用

在 Flash 中播放声音的方法有很多种,较常用的方式是将声音放在元件中,例如用"按钮"来控制声音的播放或停止就是最常见的简单方式。

一开始会看到有许多动物的农场

鼠标指针移到动物上，动物会和您打招呼，按下小鸟图会出现小鸟的叫声

按下小猪图会出现小猪的叫声

10.3.1 创建按钮元件

Step 01 打开范例文件"ch10-3.fla"，"库"中已包含所需的图形和声音。

Step 03 进入其元件编辑窗口，在"弹起"帧中，从库的"pic"文件夹中，将"Bird.wmf"拖动到舞台中。

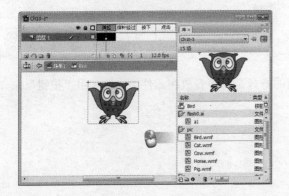

Step 02 按 Ctrl + F8 键新增"Bird"按钮元件。

Step 04 在"指针经过"帧按 F6 键创建关键帧。
Step 05 用"任意变形工具"对按钮进行旋转。

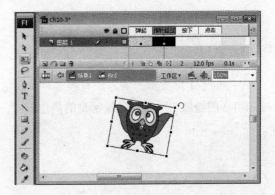

Step 06 在"按下"帧按 F5 键创建帧。

Step 07 "点击"的帧内容则复制自"弹起"帧（先执行"复制帧"命令，再用"粘贴帧"命令粘贴）。

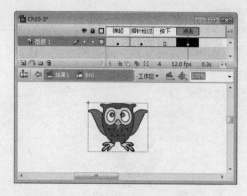

Step 08 新增"图层2"，在"按下"帧按 F6 键创建关键帧。

Step 09 从"属性"面板的"声音"下拉列表中选择"Bird.wav"，将"同步"设置为"事件"。

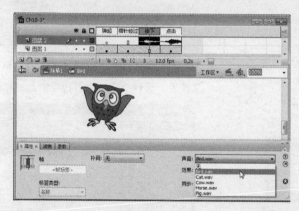

Step 10 回到场景中，重复上述步骤，创建其他4个动物的按钮元件"Cat"、"Cow"、"Horse"、"Pig"，并将声音也设置好（快速创建其他按钮元件的操作请参考下一小节）。

Step 11 单击"动物"图层，展开"库"，将所有动物按钮元件拖动到舞台中放置妥当。

Step 12 按下 Ctrl + Enter 键，感受一下动物农场中动物齐鸣的热闹气氛（完成文件为"ch10-3a.fla"）。

提示 由于声音的"同步"设置为"事件"，而每种动物声音的长短不一，因此在按下按钮时，可能会听到某个声音尚未结束，别的声音又开始的重叠现象。不过，这正是我们想要营造的动物园氛围。如果不希望声音重叠，可以将"同步"改为"开始"。

Flash CS3

10.3.2 直接复制按钮

可以利用"直接复制"按钮的方式，快速创建其他 4 个按钮元件。

Step 01 在"库"的"Bird"按钮元件上右击，选择"直接复制"命令。

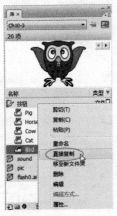

Step 02 输入按钮名称，例如：Cat。

Step 03 进入"Cat"的编辑窗口中，单击"弹起"帧中的元件实例，单击"属性"面板中的 交换… 按钮。

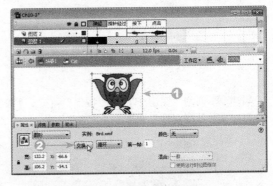

Step 04 打开"交换元件"对话框，展开"pic"文件夹，选择"Cat.wmf"，单击 确定 按钮。

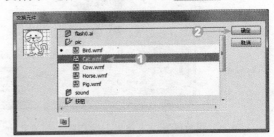

Step 05 重复步骤 3 和步骤 4，将"指针经过"、"点击"帧中的图形也替换为"Cat.wmf"。

Step 06 单击"图层2"的"按下"帧，从"属性"面板中将"声音"改为"Cat.wav"，即完成"Cat"按钮元件的直接复制。

用同样步骤直接复制其他按钮元件

充电时间

❋ 仿真键盘

　　下面这个有趣的"键盘乐器"，声音的设置与动物农场的相类似，可以试试自己的音感如何。

Step 01 打开范例文件"ch10-3b.fla"，直
接按下 Ctrl + Enter 键。

Step 02 将鼠标指针移到按键上时按键会
变色。

Step 03 单击按键会发出声音。

发出 Fa 的音

按下发出 #Fa 的音

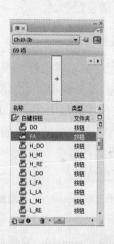

Step 04 回到场景中，从"库"中进入任
一个按键按钮的编辑窗口中。

Step 05 在"按下"帧中导入声音文件，当
用户按下按钮时开始播放。由于声音长度很短，
因此"同步"设置为"事件"即可。

"音阶"文件夹中的声音文件名称中，有"#"的代表黑键（半音），共有 12 个黑键。白键则为 17 个，以"H_"开头的代表高音阶；"L_"开头的为低音阶。家中如果有钢琴或电子琴，可以将更多的声音存到计算机中，再利用简单的软件分割成个别的声音文件（例如刻录光盘的 Nero 程序就具备此功能）。

这个"键盘乐器"的按键按钮制作方式与动物按钮的制作方式相同，范例中已将所需的元件和声音都准备好，请自行尝试。

❄ 声音的编辑与压缩

Flash 提供了一些基本的声音控制，能制造出现既简单又实用的音场气氛。如果手边没有适合的声音剪辑软件，不妨参考以下的说明，试着用 Flash 来编辑声音。

打开范例文件"ch10-1b.fla"，单击"音乐"图层中有波形的任一帧，在"属性"面板的"效果"列表中，有几种默认的音乐效果。

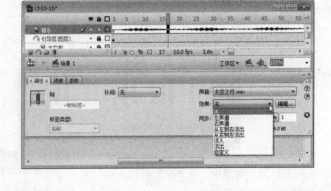

◎ 左声道（Left Channel）：只播放
　　左声道的声音。

◎ 右声道（Right Channel）：只播放
　　右声道的声音。

◎ 从 左 到 右 淡 出（Fade Left to
　　Right）：声音强度由左移至右。

◎ 从右到左淡出（Fade Right to Left）：声音强度由右移至左。

◎ 淡入（Fade In）：声音由小变大（声音接近的感觉）。

◎ 淡出（Fade Out）：声音由大变小（声音离开的感觉）。

列表中的"自定义"与单击
编辑... 按钮是一样的作用，表示要自定义声音。

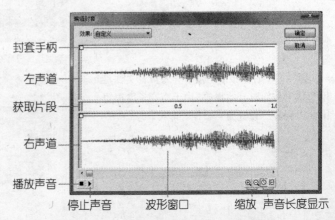

封套手柄

左声道

获取片段

右声道

播放声音

停止声音　　波形窗口　　缩放 声音长度显示

◎ 波形窗口：显示声音文件的波形。

◎ 编辑节点：用来控制音量的大小，节点的
高低代表音量的高低；节点越在上方，音
量就越大。

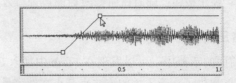

在线段上方单击一下可以增加节点，此时左右声道上会各自出现一个，一旦水平移动节点时，
左右声道都会一起移动；而垂直移动则可单独调整各声道的音量。若要删除封套手柄，可将封套手
柄拖动到窗口外。

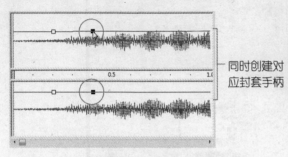

同时创建对
应封套手柄

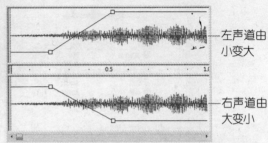

左声道由
小变大

右声道由
大变小

◎ 缩放：单击右下方的"放大" ⊕、"缩小"
⊖ 按钮，可以缩放视野。有些声音的长度
很长，必须缩小视野才能完整显示。

◎ 获取片段：若只需要使用声音的某个片段，
可以拖动滑块来移动起始位置和结尾处，
例如右图中的灰色区域会被剪掉，只有白
色区域的声音会播放出来。

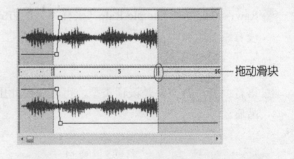

拖动滑块

◎ 声音长度显示：窗口右下角呈时钟状的按钮，可以让波形的长度以"秒"为单位显示，而影片
按钮可以让波形长度以"帧"为单位显示。

以秒为
单位

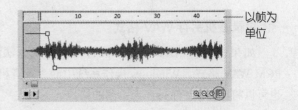

以帧为
单位

◉ 播放、停止按钮：随时试听修改后的声音与效果。

✿ 声音压缩格式

从前面的示范中，可以发现在 Flash 中加入音乐或声音很容易，不过文件太大是最大的缺点，还好 Flash 提供了声音压缩的方法来减小文件容量。在库中的声音元件图标上双击，打开"声音属性"对话框。从"压缩"下拉列表中可以选择 4 种不同的压缩方式。

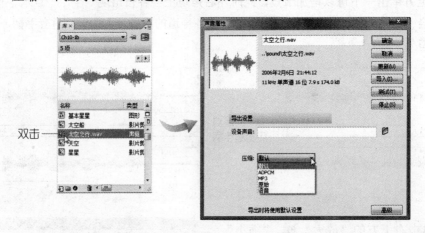

双击

◉ **ADPCM**：以降低声波的位（byte）数来压缩声音文件，如果要导出较短的事件声音，例如按钮声音，就可以使用此格式。

◉ **MP3**：将声音文件中高频和低频的部分删除的压缩法，也是压缩比最大的一种方式。不过这种压缩需要时间作解压缩，对时间性或交互性要求较高的声音，不见得适合。若需使用较长的声音，例如背景音乐，就可以选择此种格式。

◉ **Raw**：只能降低 Sample Rate（采样率）的方式来压缩，基本上声音并没有经过压缩。

◉ **语音**：若声音文件是谈话类型，可以使用此压缩方式取得不错的声音品质。

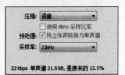

要使用哪一种压缩格式，必须视情况而定，唯有多尝试，才能找出最不失真、又能减少文件大小的格式。

✿ 用录音机另存 WAV 格式

如果在导入 WAV 格式的声音时，出现无法导入的提示信息，可能该 WAV 文件不是标准的 PCM WAV 格式。Windows 操作系统中的"录音机"应用程序，除了可以录制 WAV 格式的声音外，也可以将 WAV 文件另存为不同的格式。

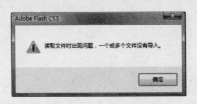

Step 01 执行"开始"→"所有程序"→"附件"→"娱乐"→"录音机"命令打开"录音机"。选择"文件"→"打开"命令（本步骤在 Windows XP 操作系统中操作）。

Step 02 选择有问题的 WAV 文件，将其打开。

Step 03 执行"文件"→"另存为"命令。

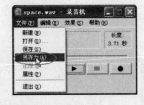

Step 04 单击 更改(C)... 按钮。

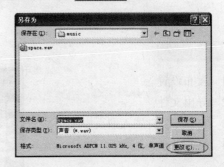

Step 05 "格式"选择"PCM"，并设置所需属性，单击 确定 按钮，再单击 保存(S) 按钮。

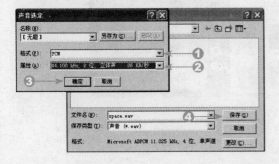

Step 06 再次在 Flash 中导入该 WAV 文件，应该可以顺利导入。

文件的发布与导出

在 Flash 中完成的动画，可以导出成各种不同的格式，例如导出成静态的图像或动态的影片格式等，全视制作动画的目的而定。

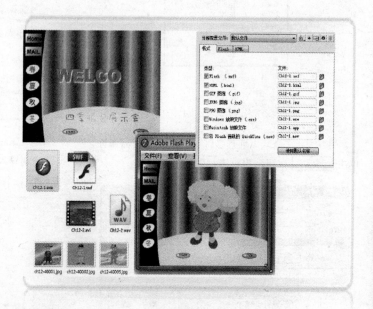

11.1 发布设置

　　制作 Flash 影片的最终目的一般离不开网页，除了 *.swf 影片格式外，在 Flash 中可以轻松地将动画影片"发布"成网页格式。

11.1.1 发布的程序

　　Flash 文件的发布方式，可以依照以下的程序来执行。

Step 01 打开范例文件"ch11-1.fla"，执行"文件"→"发布设置"命令。

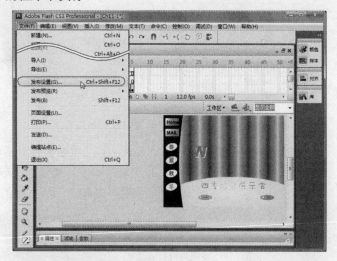

Step 02 打开"发布设置"对话框，在"格式"选项卡中默认即选择 Flash（.swf）及 HTML（.html）复选框。

Step 03 如果还要导出其他格式的文件类型，可再选择。

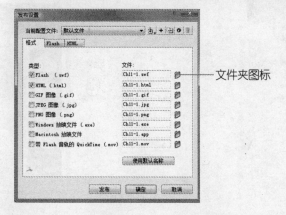

文件夹图标

提示

　　当选择 HTML 复选框时，就会出现 HTML 选项卡；若同时选择"JPEG 图像"复选框，也会出现 JPEG 选项卡，以此类推。若取消选择，则该对应的选项卡会隐藏起来。

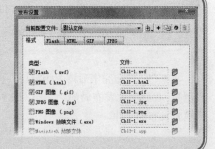

Step 04 默认的文件名称会与当前影片文件相同(使用默认名称),可以自行修改。单击右侧的"文件夹图标"按钮后,指定发布目标路径;若不特别指定,则会发布到与当前影片文件相同的文件夹中。

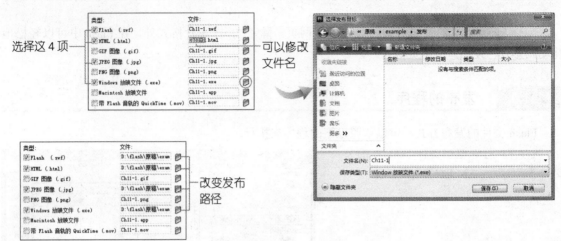

Step 05 单击 发布 按钮即可完成发布设置。

若当前还不想发布,可先单击 确定 按钮离开对话框,稍后要发布时,再执行"文件"→"发布"命令即可。如果执行"发布预览"命令,则除了发布外,还会将网页打开来预览。这时在子菜单中会列出在"发布设置"的"格式"选项卡中所选择的文件类型。

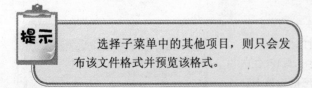

提示　选择子菜单中的其他项目,则只会发布该文件格式并预览该格式。

Step 06 发布完毕后请关闭窗口,再打开"资源管理器",找到刚才发布时的"发布"文件夹,其中应该会包含发布的文件。

11.1.2　SWF格式的各项设置

　　SWF 格式的文件也就是 Flash 的影片文件，可以用在网页上，不但支持所有 Flash 的交互功能，发布时还会压缩文件的体积，方便网页的下载。有关 Flash 选项卡中各项参数的设置说明如下。

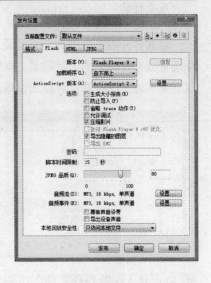

❋ 版本

　　设置播放程序的版本，如果选择较低的版本，可能有些新功能会无法正常播放。而如果浏览者没有新版本，可以到 Adobe 网站去下载。Flash Player 9 的版本可以在不启动 Flash 应用程序的情况下，打开 *.swf 文件进行浏览。

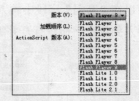

　　可以到下列网址下载 Flash 的播放程序：
　　http://www.adobe.com/cn/products/flashplayer/

❋ 加载顺序

用来设置加载 Flash 动画的第一个帧时，图层显示的先后顺序。

◉ 由下而上：先加载下方的图层，再往上依序加载上方的图层。

◉ 由上而下：先载入上方的图层，再往下依序载入下方的图层。

❋ ActionScript 版本

　　选择 ActionScript 导出的版本，Flash 9 使用 ActionScript 3.0 版本。如果对 ActionScript 3.0 不熟悉，可以在此改为 ActionScript 2.0。

❋ 选项

◉ 生成大小报告：选择此项，在发布时会生成一个文本文件，文件名为
"原文件名"Report.txt。

Ch11-1.swf   Ch11-1
Report.txt

　　将其打开后，可看到所有帧及场景文件大小的统计。可以利用此文本文件，来查看影片中每一个场景或某个帧内的文件数量。在报告的最后，还会列出所使用到的字体及字体所占的大小。若发现有太大的文件存在，可以加以修改，以免影响网页的浏览速度。

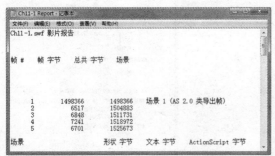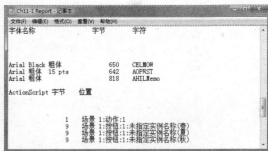

◉ 防止导入：若选择此项，所创建的 *.swf 文件会有保护作用，因此可以防止动画被别人监用。此时可以在"密码"字段中输入密码,只有知道密码的人才可以顺利将文件用"文件"→"导入"→"导入到舞台"命令打开并编辑。

输入密码

提示　　　受保护的 swf 文件，只能看无法打开；如果要从 Flash 中打开，会出现无法打开的信息。

◉ 省略 trace 动作：使"动作"面板中的 trace 命令无效，也就是不出现"导出"窗口。

◉ 允许调试：选择此项在发布时会创建 swd 的调试文件，并使导出的影片启动调试功能；同样地，也可以设置调试密码，如果别人要对您的影片进行调试的操作，必须输入正确的密码才行。

◉ 压缩影片：只有 Flash Player 6 以上的版本才提供此功能。可用来压缩影片文件，以减少文件大小及下载的时间，默认是选择的。当影片中包含许多文字或 ActionScript 时，效果特别显著。不过经过压缩的文件，只能用 Flash Player 6 以上的版本播放。

◉ 针对 FlashPlayer 6 r65 优化：当选择发布 Flash Player 6 的版本时才有作用。可以将 ActionScript 作优化处理。

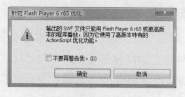

发布时会出现此信息

◎ 导出隐藏的图层：如果图层设置隐藏，选择此项时，仍可将其导出。

◎ 导出 SWC：ActionScript 版本为 3.0 时，本项才有作用，用于发布元件。

❋ JPEG 品质

在 Flash 导出 *.swf 文件时，会将所有的位图 JPEG 的格式压缩，可以利用滑块来改变 JPEG 压缩的比例。数值越高，位图的效果越好，相对地，文件也越大，默认值是 80。

❋ 音频流

用来规划整个 Flash 动画中，音频流的格式与压缩比，以 MP3 格式为例，可以通过"比特率"和"品质"来设置音乐的品质。在"比特率"中，数值越大，采样的品质越高，文件也越大。"品质"可用来控制整体音效的品质。

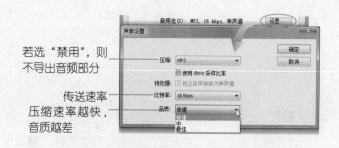

若选"禁用"，则不导出音频部分

传送速率
压缩速率越快，音质越差

❋ 音频事件

设置整个 Flash 动画中，事件音频的格式与压缩比。

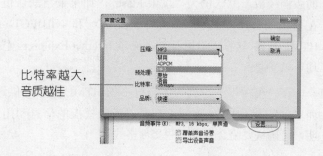

比特率越大，音质越佳

❋ 覆盖声音设置

在"音频流"和"音频事件"中设置的声音格式，只能作用在动画中没有特别设置压缩与格式的音效。如果要覆盖对声音所做的设置，可以选择此项；当创建尺寸小且真实度较低的 swf 文件版本时，可以选择此项。

❋ 导出设备声音

若要导出能够适用于行动设备的声音，而非原始的在库的声音时，选择此项。

❀ 本地回放安全性

选择 Flash 的安全性类型，"只访问本地文件"可以让已发布的 swf 文件与本地的文件和资源互动，但无法与网络上的文件和资源互动。"只访问网络"则相反，可以让已发布的 swf 文件与网络上的文件和资源互动，但无法与本地的文件和资源互动。

11.1.3　HTML格式的各项设置

在导出成 HTML 格式时，有几个重要的设置，可以控制导出后的 Flash 动画，如影片尺寸、品质等。虽然在一般的状况下不需要任何改变，但是，如果了解这些设置的意义，再搭配 Flash 强大的图形与互动能力，可以使您的网页更具有吸引力。

单击"HTML"选项卡，即可看到 HTML 的设置。

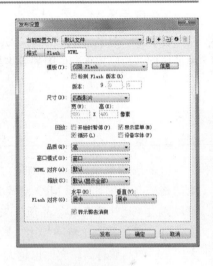

❀ 模板

"模板"的设置非常重要，是指发布网页时，网页所使用的版面模板。默认值为"仅限 Flash"，如果采用默认值，会在导出的 HTML 文件中加上 <MEBED> 和 <OBJECT> 两种 HTML 标签，这样无论用 NetScape 或 Internet Explorer 浏览器，均可以阅读。

在"模板"下拉列表中有许多的 HTML 模板可供选择，而右侧的 信息 按钮，则是对所选模板的信息和用途说明，可确认要配合导出哪些文件格式。

基本上不管选择哪种 HTML 模板，swf 的文件格式是一定要导出的，其余则视模板的不同而异。

❀ 检测 Flash 版本

"检测 Flash 版本"的功能，会将文件设置成检测用户所拥有的 Flash Player 版本，而且会在用户没有指定 Player 版本时，将用户导向替代的 HTML 网页。选择后，SWF 就会内嵌在一个含有 Flash Player 检测程序代码的网页中。如果检测程序代码发现用户计算机上安装的是可接受的 Flash

Player 版本，SWF 就会按照原本设计的方式播放。如果用户没有浏览 SWF 所需的 Flash 版本，便会看到一个内含链接的 HTML 页面，提醒他们下载最新版本的 Flash Player。

若选择 QuickTime 和"图像映射"的模板，则不提供检测 Flash 版本的功能。

尺寸

一般在制作 Flash 动画时，会先在"文档属性"对话框中设置整个动画呈现的大小，不过在导出时还可加以更改，在下拉列表中有以下 3 个选项。

◎ 匹配影片：不做任何更改，依照原来影片设置的大小导出，此为默认值。

◎ 像素：选择此项后，可在下方的"宽"或"高"中修改值，来更改影片导出后的大小。

◎ 百分比：将影片依照百分比来缩放，若"宽"及"高"的数值相同，即表示用等比例的方式缩放影片。

除非是计算高手,否则强烈建议使用"百分比"来调整缩放比例,以免导出时不能等比例缩放。

回放

当 HTML 文件在加载时，可以设置 Flash 动画的回放状态，这样才可以避免无法预期的情况发生。

◎ 开始时暂停：如果在影片中设计了一些交互式的按钮，且希望用户单击某些按钮时，才开始播放影片，那么就可以选择此选项来让 HTML 文件加载时先暂停，以便等待用户的按钮反应。

◎ 循环：选择此项时，Flash 动画会自动循环播放，由于广告条或网页中的 Logo，大多是使用 Loop（循环）的方式导出，因此该选项为 Flash 的默认值。

◎ 显示菜单：通常在网页中阅览 Flash 动画时，只要在动画上右击，就会出现控制影片播放的选项。如果不希望用户任意地暂停、快进或后退影片，可以取消选择此项复选框。这样当用户在动画上右击时，就只会出现"关于 Adobe Flash Player 9..."字样，而不会出现其他的控件。

选择时   未选择时

◎ 设备字体：当在动画中使用了比较特殊的字体，如果用户的计算机里没安装此种字体，这时可以用系统字体"微软雅黑"来代替。一般而言，为了让网页内容能正确呈现，最好还是将字体转换成图形（或先执行"分离"）。

❁ 品质

　　用来控制 Flash 导出时的画面品质，在下拉列表中选择导出品质后，即可调整整体播放的效率。

◎ 低：导出的品质最差。

◎ 自动降低：自动按照用户计算机的等级来调整品质，而且以播放影片的流畅度为主，尽量让影片维持原来设置的播放速率。

◎ 自动升高：自动调整品质，以画面美观为主，尽量不遗失帧或声音。

◎ 中：中等导出品质。

◎ 高：高品质（默认值），在 Pentium II 以上的计算机可以得到很好的播放效果。

◎ 最佳：最佳品质，适合用在导出特定的演示文稿中，或网页中。画面及声音的品质是最好的，但也会使得文件变得很庞大。

❁ 窗口模式

◎ 窗口：符合一般的设置，也是默认值，导出 HTML 时会维持一般窗口的特性。

◎ 不透明无窗口：不要让 DHTML 对象显示在动画后方，也就是 Flash 影片下层的网页内容不会显示出来，上层的网页内容则可以显示。

◎ 透明无窗口：让 DHTML 对象显示在动画后方，也就是会让影片的背景呈透明，因此下层的网页内容可以呈现出来。

❁ HTML 对齐

　　网页画面中的对齐方式，可以在导出的 HTML 加上对齐的 Tag（标签），让其他的 HTML 原代码在与 Flash 动画对齐时，可以更精确地加以控制。

❁ 缩放

　　HTML 画面中的缩放方式。

❁ Flash 对齐

　　指定 Flash 动画在窗口中的对齐方式。

◎ 水平：水平方向的对齐方式。

◎ 垂直：垂直方向的对齐方式。

❁ 显示警告信息

　　当 Flash 在播放动画时，如果遇到错误状况，会显示出警告信息。

11.1.4 EXE播放器

　　"播放器"也就是 exe 文件，由于已经是执行文件，因此双击此种格式的文件就能播放影片。由于"播放器"包含独立的播放程序，因此文件相当大。这个独立播放程序是一个 Flash 影片播放器，可以不通过 Flash 或浏览器来观赏 Flash 影片。如果某人的计算机中没有安装 Flash 或独立播放器，却想观赏 Flash 影片，那么就要先将影片文件制成"播放器"。

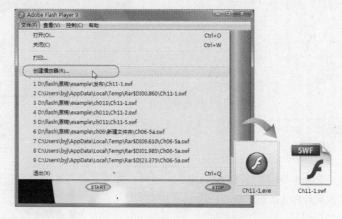

　　当影片在 Flash Player 播放器中播放时，可以通过"文件"→"创建播放器"命令来建立播放器。

11.2 导出文件

　　完成的动画可以导出成多种文件格式，以便使用在不同的场合，除了 *.swf 格式可以放在网页中外，还可以导出成 avi 视频文件，甚至连续的图像或单一图像文件。

11.2.1 导出影片

　　Step 01 打开准备导出成影片文件的 *.fla 文件，例如"ch11-2.fla"，执行"文件"→"导出"→"导出影片"命令。

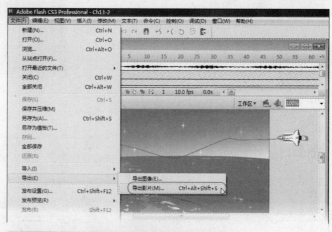

　　Step 02 "保存类型"默认为"Flash 影片（*.swf）"，请选择 Windows AVI，再选择要保存的文件夹，并输入文件名称，单击 保存(S) 按钮。

可导出的
文件类型

Step 03 打开"导出 Windows AVI"对话框,设置尺寸及选择视频压缩的格式等选项,单击 确定 按钮。

让画面保持原有的宽高比例

选择颜色格式

启动反锯齿功能

选择声音的格式(选"禁用"则不导出音效)

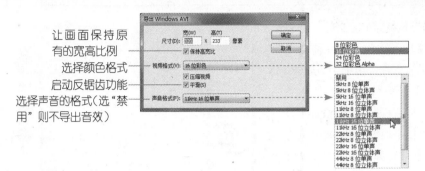

Step 04 打开"视频压缩"对话框,选择压缩程序及质量,单击 确定 按钮。

Step 05 打开导出的 AVI 影片查看。

有背景音乐

提示

如果 AVI 影片要在网页上传输,建议将其转成 WMV 等数据流格式。若选择导出 WAV 的格式,可以将动画的声音导出成声音文件。

导出 WAV 声音文件

可将动画中的声音单独导出

可选择忽略事件类型的声音

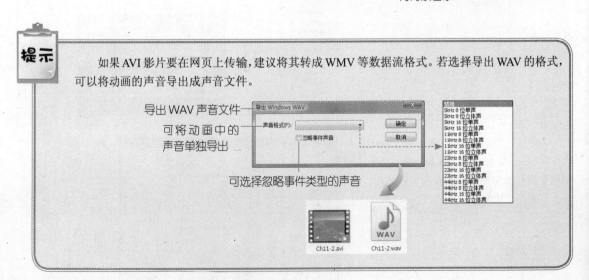

11.2.2 导出连续图像

如果想将 Flash 中的动画图像导出，做法有两种：第一种是将每个帧的画面导出成连续的图像；第二种是导出单张的图像文件（参考下一小节）。

Step 01 打开要导出的文件，例如范例文件 "ch11-4.fla"，仍执行 "文件" → "导出" → "导出影片" 命令。

Step 02 选择保存目录并输入文件名称，"保存类型" 选择有 "序列文件" 的类型。

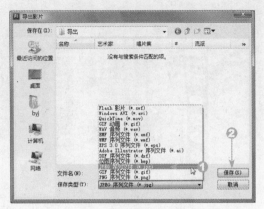

Step 03 单击 保存(S) 按钮。

Step 04 接着会根据所选择的类型出现不同的导出格式设置对话框，设置完单击 确定 按钮。

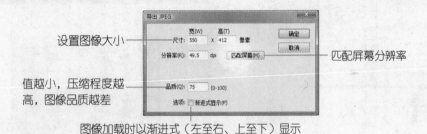

设置图像大小
匹配屏幕分辨率
值越小，压缩程度越高，图像品质越差
图像加载时以渐进式（左至右、上至下）显示

Step 05 文件会从 0001 开始编号，按照帧数自动为导出的文件编号。

共 3 个帧

ch11-40001.jpg　ch11-40002.jpg　ch11-40003.jpg

11.2.3 导出单张图像

如果只想导出动画中某个帧的图像内容，可以这样做：

Step 01 打开范例文件"ch11-1.fla",将播放头移到要导出图像的帧位置。

Step 02 执行"文件"→"导出"→"导出图像"命令。

Step 03 选择保存位置,替文件命名,再选择一种"保存类型",单击 保存(S) 按钮。

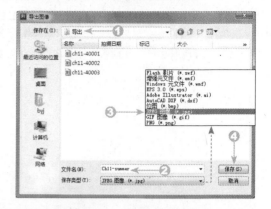

Step 04 出现导出的对话框,设置导出图像的品质,单击 确定 按钮。

Ch11-summer.jpg

导出的图像文件

提示 在"导出"对话框中的"包含"下拉列表中选择"最小影像区域",表示导出所有编辑区的内容;选择"完整文档大小"则只导出舞台内的范围。

下图是导出 GIF 格式的选项。

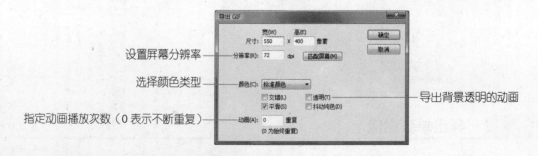

设置屏幕分辨率

选择颜色类型

导出背景透明的动画

指定动画播放次数(0 表示不断重复)

11.3 将 swf 文件置入网页中

将 Flash 动画发布成 swf 影片后，可以使用在许多制作网页的应用程序中。那么又该如何将作品放到网页中呢？

第一种方式是将 Flash 动画直接导出成 HTML 格式，这种方法最直接，且不需要其他软件的辅助。如果您的作品只放到一张网页中，这是最方便的做法。第二种方式是将 Flash 动画导出的 *.swf 文件再置入网页编辑软件，例如：Dreamweaver。

Step 01 在 Dreamweaver（以下在 Dreamweaver CS3 中示范）中打开要加入 Flash 动画的网页，接着选择"常用"面板的"媒体：Flash 图标"。

Step 02 选择要置放在网页中的 *.swf 文件 "ch11-1.swf"，单击 确定 按钮。

Step 03 如果网页还没有保存，会出现提醒保存的信息，单击 确定 按钮。

Step 04 打开"对象标签辅助功能属性"对话框，可暂不输入，单击 确定 按钮。

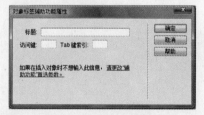

Step 05 Flash 动画置入后，会以原始的文件大小显示，从"属性"面板中可以做进一步的设置。

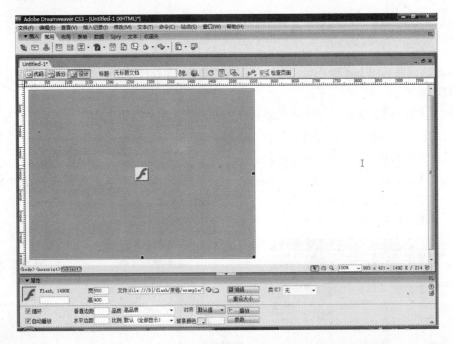

Step 06 保存后，执行"文件"→"在浏览器中预览"→"IExplore"命令，打开 Internet Explorer 浏览器预览结果。

影片若有声音也会播放出来

除了上述方法，将 Flash 动画放到 Dreamweaver 中之外，还可以将 Flash 动画放到 Dreamweaver 的"图层"中，或利用"分割页面"的功能制作 Flash 列表，将 Flash 强大的图形动画和 Dreamweaver 完善的网页管理功能完美结合，可制作出十分精彩的网页。

11.4 打印动画

Flash 中的动画是由连续的帧所组成的，如果想将动画逐帧打印出来，会有助于了解动画的内容和过程。

Step 01　打开要打印的文件"ch11-5.fla"，执行"文件"→"页面设置"命令，指定页边距尺寸、纸张大小和方向。

Step 02　在"布局"中选择要打印的"帧"，默认是"仅第一帧"。

Step 03　指定"布局"的安排方式：

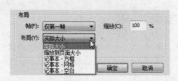

❀ 实际大小：按照动画真实的尺寸来打印，可在右侧选择"缩放"比例。

❀ 缩放到页面大小：当动画大小超过纸张打印的尺寸时，可自动缩小到一张纸内来打印。

❀ 记事本：有"方框"、"网格"、"空白"3 种，当选择打印全部帧时，可以选择将动画打印成缩略图目录的形式。选这 3 个选项时，会出现"帧跨度"、"帧边距"和"标签帧"的设置项，指定每排要打印多少帧及帧的间距。

提示

"方框"会在帧四周加上黑边框；"网格"则会加上网格线来区隔画面；"空白"则不加上边线及网格。

Step 04　布局设置好之后，可以执行"文件"→"打印"命令，选择打印"份数"后单击 确定 按钮即可打印。

共有 5 个帧，所以有 5 页

Flash 文件"ch11-5.fla"

⭐⭐ 充电时间

❈ FS Command 命令

在将 Flash 动画导出到网页或 *.swf 文件时，可以加上 ActionScript 的 FS Command 命令，来增加许多交互性设置，例如最常见的 "不可任意缩放"，可以避免影片显示结果被破坏，以便忠实地显示出动画的原始设置。

仍以 "ch11-5.fla" 为例，若要将其导出的动画设置成 "不可任意缩放"，可以按下面的步骤做。

Step 01 在 "ch11-5.fla" 中新增一个 "FS Command" 图层，并单击该图层的第 1 帧，按 F9 键打开 "动作" 面板。

Step 02 展开 "全局函数" → "浏览器 / 网络" 列表，双击 fscommand 命令。

Step 03 输入 "allowscale",false,表示不允许缩放。

Step 04 回到场景中，先执行 "文件" → "另存为" 命令，另存为 "ch11-5a.fla"，再执行 "文件" → "发布设置" 命令，选择 "*.swf" 复选框，单击 发布 按钮。

可以打开 "ch11-1.swf" 比较一下，在播放的时候缩放窗口时，影片内容会随着缩放。

Step 05 打开发布的 "ch11-5a.swf" 文件，并试着改变窗口大小，会发现无论如何缩放窗口，角色依然维持原来的比例。

窗口缩放时内容比例不随之缩放

末加上 FS Command 命令时，角色会随窗口大小缩放

将"ch11-1.swf"文件窗口最大化

将"ch11-5a.swf"文件窗口最大化

✿ 作者叮咛

　　要将 Flash 作品放在网站上,"文件大小"可以说是最重要的考虑因素,因为唯有体积小、下载的时间短,才能在网络上快速流通。把握以下几个原则,可以让 Flash 作品保持"原汁原味"。

◎ 不要使用太多字体,或将使用特殊字体的文字转成图形(或先行"分离")。

◎ 将常用的对象以"元件"处理,分类存放在"库"中。

◎ 尽量减少动画中关键帧的数量,而多使用"补间动画"来处理动画效果。

◎ 少用位图,因为位图占的容量很大,除非位图文件很小;或可以先将位图转换成矢量图再置入 Flash 中。

◎ 导出成 *.swf 时,采用 MP3 音乐压缩格式。

好书推荐

Photoshop CS4完全自学教程
ISBN：978-7-111-25108-8
定价：68.00元

ILLustrator CS3完全自学教程
ISBN：978-7-111-25106-4
定价：55.00元

Dreamweaver CS3完全自学教程
ISBN：978-7-111-25107-1
定价：49.80元

Premiere PRO CS3完全自学教程
ISBN：978-7-111-25139-2
定价：59.00元

专业成就人生
立体服务大众
HZ BOOKS
www.hzbook.com

填写读者调查表　加入华章书友会
获赠精彩技术书　参与活动和抽奖

尊敬的读者：

　　感谢您选择华章图书。为了聆听您的意见，以便我们能够为您提供更优秀的图书产品，敬请您抽出宝贵的时间填写本表，并按底部的地址邮寄给我们（您也可通过www.hzbook.com填写本表）。您将加入我们的"华章书友会"，及时获得新书资讯，免费参加书友会活动。我们将定期选出若干名热心读者，免费赠送我们出版的图书。请一定填写书名书号并留全您的联系信息，以便我们联络您，谢谢！

书名：　　　　　　　　　　　　　书号：7-111-(　　　　　　　　)

姓名：		性别：☐ 男　☐ 女	年龄：		职业：
通信地址：			E-mail：		
电话：	手机：		邮编：		

1. 您是如何获知本书的：

☐ 朋友推荐　　　☐ 书店　　　☐ 图书目录　　　☐ 杂志、报纸、网络等　　　☐ 其他

2. 您从哪里购买本书：

☐ 新华书店　　　☐ 计算机专业书店　　　　☐ 网上书店　　　　☐ 其他

3. 您对本书的评价是：

技术内容　　☐ 很好　　　☐ 一般　　　☐ 较差　　　☐ 理由_____

文字质量　　☐ 很好　　　☐ 一般　　　☐ 较差　　　☐ 理由_____

版式封面　　☐ 很好　　　☐ 一般　　　☐ 较差　　　☐ 理由_____

印装质量　　☐ 很好　　　☐ 一般　　　☐ 较差　　　☐ 理由_____

图书定价　　☐ 太高　　　☐ 合适　　　☐ 较低　　　☐ 理由_____

4. 您希望我们的图书在哪些方面进行改进？

_____

5. 您最希望我们出版哪方面的图书？如果有英文版请写出书名。

_____

6. 您有没有写作或翻译技术图书的想法？

☐ 是，我的计划是_____　☐ 否

7. 您希望获取图书信息的形式：

☐ 邮件　　　☐ 信函　　　☐ 短信　　　☐ 其他_____

请寄：北京市西城区百万庄南街1号　机械工业出版社　华章公司　计算机图书策划部收
邮编：100037　电话：(010) 88379512　传真：(010) 68311602　E-mail: hzjsj@hzbook.com